怖がってほしい
楽しんでほしい、
驚いてほしい、
そう思いながら書きました。
読んでくれるすべての人に、
ありがとう！

阿泉来堂

我一邊寫一邊希望讀者覺得恐怖、覺得享受、覺得驚訝。

非常感謝閱讀這部作品的所有人！

阿泉來堂

泣女大人

ナキメサマ

阿泉來堂

王華懋 譯

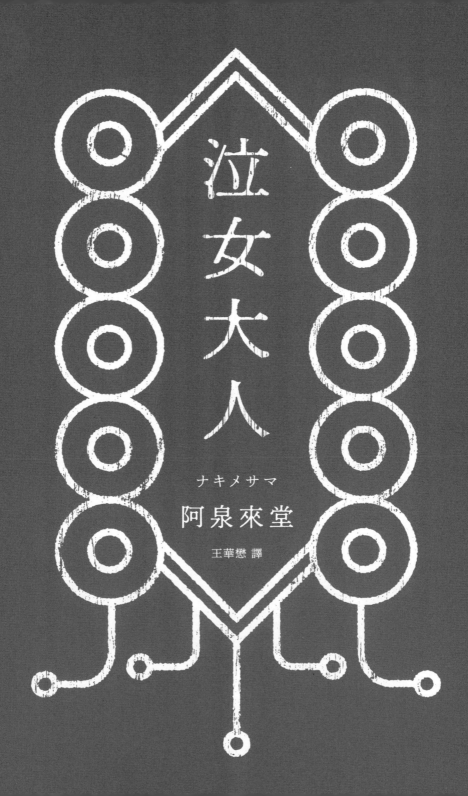

目錄

序章

影像一百八十度翻轉，畫面上大大地映出一張女人的臉。口中噴出的白色呼吸不斷地消融在背後的黑暗當中。

被燈光照亮的女子，那張臉涕淚縱橫，但她無暇收拾自己的狼狽，雙眼睜到不能再大，驚惶地掃視四周圍。她似乎想要從鴉雀無聲的森林當中找出什麼，急促地喘著氣，不時猝然屏息。喉嚨深處斷續擠出嗚咽，彷彿甚至忘了抹去眼中源源不絕地滾落的淚水。

『我……看到了。看到……那……人……被殺……。被……那樣……太……慘了……』

女子邊說邊吸鼻涕，頻頻頓住，因此話聲變得斷續殘破，完全聽不懂在說什麼。但唯一確定的是，她驚恐到了極點。

『怎麼會那樣……果然……不該那麼做的……』

野鳥同時振翅的聲音嘩然響起，女子倒抽了一口氣。其實她應該是想要放聲尖叫的，但她堅強地以另一手用力捂住嘴巴，拚命克制下來。

寂靜再次造訪。彷彿每一棵樹木都屏聲斂息般異樣的死寂當中，只聽得到震顫的喘息聲。

『沒錯。那樣是不對的。她已經……我們……不該那樣做的！』

女子的表情扭曲成一團。那複雜的表情，就像在爲了某事而懊悔，同時又爲了別的事死心認命。最後的聲音幾乎就像在尖叫了。

女子宣洩感情般抽泣了一陣，下一秒陡地抬起頭來。

『拜託你，忘掉我們吧……絕對……絕對不可以來這座村子！』

女子鬼氣森然的臉孔猛地逼近鏡頭，占據了一半的畫面。暴睜而布滿血絲的眼睛劇烈地搖晃著。

『不要靠近這座村子。這裡有可怕的東西……已經阻止不了了。它不會罷休……為什麼我們會做出那種蠢事？我們明明沒那個意思的……就好像有什麼把我們給……啊啊……啊……嗚啊啊啊！』

說到一半，女子突然發了瘋似地發出大喊。鏡頭轉向其他方向。拍攝到的森林另一頭浮現無數的光點。許多的光點劇烈地搖擺著，朝她所在的位置逼近而來。就彷彿飄浮在黑夜中的無數鬼火穿林而來一般，景象令人魂飛魄散。

『不要啊——！救命！不要過來！啊啊啊啊！住手……不、啊啊啊啊！』

女子淒厲地放聲慘叫。那叫聲就彷彿體現了世界末日一般。許多不知名野獸呻吟般的低吼聲層層疊疊壓將上來，撕裂深淵的黑暗，響徹四下。

『放開我！住手！啊啊啊啊！殺人啊！殺人……噫呀啊啊啊……！』

影像格外劇烈地晃動了一陣，接著停止了。掉落地面的鏡頭沒拍到人，而是捕捉到狂亂交錯的無數光團。

很快地，就像關掉電視機電源般，女子的尖叫戛然止息。

最後留下的，就只有令人遍體生寒的寂靜。

第一章

1

「你是倉坂尚人嗎？」

剛一開門，劈頭就有人出聲，差點把我嚇到跳起來。

「呃、妳是……」

我一時說不出話來，支支吾吾，和站在眼前的女子交換視線。對方年約二十五，和我差不多。纖細苗條的體格，很適合身上那件圓點洋裝。小巧如模特兒的臉蛋白皙得驚人。可能是因爲暑熱，略帶潮紅的臉頰顯得嬌憨，但那雙如貓眼般飛揚的眼睛卻以警覺十足的銳利注視著我。

「你是倉坂尚人吧？是還是不是？」

我沒有回應，似乎讓她心急起來。對著咄咄逼人的她，我連點了幾下頭，懾服於她的威勢說：

「啊、對……我就是……」

瞬間，女子的臉上乍然綻放安心的神色。

「太好了，我總算找到你了。都找到這裡來了，萬一結果不是你，我眞不知道該怎麼辦才好。」

女子撫了撫胸，有些誇張地吁了一口氣。看著這樣的她，我依然一頭霧水，只是呆若木雞。雖然仔細端詳了一下那張毫不客氣、大剌剌直盯著我看的臉，但理所當然，腦中並未浮現符合記憶的人物。

「請問妳是……？」

「我叫有川彌生。幸會。」

她自我介紹，禮貌地向我鞠了個躬。我也反射性地頷首回禮，但內心依舊疑雲重重。她到底是誰？這依然是個謎。

「這樣，那有川小姐，妳來這裡是……？」

聽到我的問題，彌生滿面愁容，垂下目光。在一段感覺好似永遠的漫長沉默之後，她立下決心地抬起了頭。

「是這樣子的，我來是爲了小夜子，想要拜託你一件事。」

「小夜子……」

我在口中喃喃這個名字，下一秒，整個人轟雷掣電一般，震驚無比。

「妳說的小夜子，是葦原小夜子嗎？」

我上身前探，確認地問，彌生嘴唇浮現笑意，點了點頭。

葦原小夜子——我有多少年沒聽到這個名字了？一直試著遺忘，卻怎麼也無法忘懷，宛如某種詛咒一般，把我束縛在過去的名字。

是我發自心底愛戀的女子的名字。

「——欸，你還好嗎？」

彌生訝異的聲音讓我回過神來。我拉回差點墜入緬懷泥沼的意識，轉向眉心緊蹙的彌生。

「抱歉，只是有點驚訝。妳說為了小夜子，要拜託我什麼事？」

我振作起來問，不讓對方察覺我內心的思潮起伏。彌生的表情再次轉為憂愁，視線左右游移，像在尋思該如何措辭。從這反應來看，似乎不是什麼容易的事。我應該請她進來，招待她喝個飲料嗎？

看看玄關旁邊的時鐘，剛過晚上十一點。年輕小姐在這樣的三更半夜，而且是隻身一人拜訪男人的住處，實在很不尋常。難道小夜子遇上了什麼危險嗎？

只是稍一思考，我的心臟便劇烈鼓動起來。光是想像小夜子身陷險境，我就焦灼難安。

我才剛想到這裡，彌生突然低下頭去。

「對不起，其實我也不是很清楚……」

她低著頭，咬著嘴唇，交握的手指忙碌地扭絞著，就像惡作劇被抓包的小孩子。她是有話想說，卻沒有勇氣說出口嗎？

這樣下去不是個了局。該請她進客廳，端杯茶給她嗎？我這麼想，回望室內，彌生見狀，堅毅地說：

「我不是來喝茶聊天的，在門口說就好了。」

她果然還是不願意單獨進入男人的住處。她是年輕小姐，這是天經地義的反應，更不用說我們才剛見面而已。

「好，那就在這裡說。不過我可以先問個問題嗎？」

「當然可以。你想問什麼？」

「妳到底是誰？跟小夜子是什麼關係？」

彌生怔了一下，隨即理解地點了點頭。

「我也眞是的，也沒先說明這些，難怪你會起疑。」

彌生自嘲地笑道，接著稍微抬頭挺胸，端正姿勢。

「我是小夜子的室友，我們合租距離這裡兩站的公寓一起住。我們是在之前的職場認識，變成好朋友的。我和小夜子都是鄉下來的，沒有人可以依靠，個性又很投合，所以提議乾脆一起住，一直處得很愉快。」

「等、等一下，小夜子住在這裡？」

「對啊，難道你不知道？」

被彌生意外地一問，我反射性地沉默了。

高中畢業後，我就像要逃離什麼一般，來到了這座城市，此後便與同鄉的朋友斷絕了連繫，也很少打電話回家。爲了忘掉小夜子，離開認識她、與她短暫相處的那個小鎮，並且和認識我的人斷絕關係，都是必要的程序。所以小夜子高中畢業後怎麼了，我當然無從知曉。

沒想到她居然就住在這麼近的地方……

我一方面打從心底驚訝，同時內心深處也感覺到難以言喻的亢奮，繼續聆聽彌生的話。

「大概三個星期前，小夜子請假返鄉了。」

「返鄉？回去巖美澤市嗎？」

巖美澤是我成長的小鎮地名，距離札幌這裡車程約一個小時，是個小巧的地方都市。

雖然沒有值得一提的觀光勝地或名產，但有活用大片土地興建的遊樂園及戶外音樂堂等設施。舉辦音樂活動時，會有來自全國各地的遊客雲集。小夜子的父母應該也住在那裡。

然而彌生卻對我的問題搖了搖頭。

「小夜子的父母兩年前在車禍中過世了。那個時候好像也把老家賣掉了。」

「過世了？……這樣啊……」

小夜子是獨生女。想像毫無預警地失去父母，一個人被留下的小夜子會有多悲傷，我的胸口一陣揪緊。

「所以小夜子回去的地方，是比嚴美澤市更裡面，要翻越兩座山嶺才能到的小村子。她說姑姑一家還有祖父住在那裡。」

「原來是這樣。」

我應著聲，卻也感到難以釋然。在聽到這些以前，我還以爲小夜子是失蹤了還是怎麼了，但從這些內容聽來，似乎沒什麼好擔心的。這到底有什麼問題？

彷彿看出了我的疑問，彌生略略壓低了聲音說下去：

「一開始她說一個星期就回來，可是都過了兩星期，她都沒有消息。我試著聯絡她，她不接手機，也沒有回電。所以我愈來愈擔心，問了她的職場，職場也說她請了一星期的假。然後我再等了一星期，但她還是沒有回來，所以我實在是坐立難安……」

彌生說，所以她才會找到這裡，來拜訪我。

「也就是說，小夜子現在也在那座村子，卻不知爲何聯絡不上，所以妳擔心得要命。雖然很不願意這麼想，但她有沒有可能是在路上遇到事故？」

彌生立刻搖頭。

「那座村子——稻守村好像位在遠離城鎮的偏僻地點，所以也是有可能在路上遇到車禍。畢竟應該也有許多狹窄的山路……」

「這……」

衝撞護欄，前保險桿扭曲變形的車子。爆開的安全氣囊。還有駕駛座上頭破血流的小夜子。

這些景象當下浮現腦海，我驚愕失聲。

「可是，我覺得這個可能性不大。雖然地點偏僻，但還是有公共運輸。如果發生什麼事，警察或消防隊也會立刻接到通報吧？如果發生車禍，應該也會上新聞。可是完全沒有這類消息，表示沒有發生這類意外。」

「那爲什麼小夜子沒有回來？」

我提出理所當然的疑問，彌生有些賣關子地點了點頭。

「很簡單，小夜子因爲某些理由，無法離開村子。我認爲小夜子現在一定還在那座村子裡。」

我咀嚼並反芻她嚴肅地說出的這段話。

小夜子前往村子拜訪姑姑和祖父。雖然平安抵達了，卻在那裡發生了某些事，導致她無法回來，是嗎？確實是有這個可能性。可是，理由究竟是什麼，依舊是個謎。彌生也是不知道原因，才會不知如何是好吧。

「我大概了解狀況了。可是我不懂妳來找我做什麼？」

「這還用說嗎？我要去把小夜子帶回來。可是如果遇上什麼狀況，我一個弱女子不是很危險嗎？所以我想請你跟我一起來。」

「我跟妳一起去？」

這唐突的要求，讓我忍不住反問，但彌生的表情很認眞。

「小夜子做事一向很謹愼，如果當天會晚歸，不用我說，她都會事先聯絡我一聲，可是這次不管我聯絡她多少次，她都沒有半點回應。這樣的狀況持續三個星期了，我當然會覺得她出事了。萬一她被捲進什麼可怕的犯罪——當然我不願意這麼想，但若是那樣，警方應該會通知我才對吧？可是連這都沒有。既然如此，她一定是在村子裡出了什麼事。」

「妳說出事，到底是什麼事？」

「我怎麼會知道？」

彌生有點衝的聲音，在公寓安靜的走廊迴響著。情不自禁地拉大嗓門，似乎讓彌生自己嚇了一跳，她清了一下喉嚨，尷尬地嘆了一口氣。

「總之，我希望你能幫我，陪我一起去找小夜子。如果有別人可以拜託，我早就這麼做了，可是我眞的沒有人可以依靠。我想小夜子也是。」

彌生按住額頭，整個人靠到門框上。從她疲憊不堪的模樣，我看出她應該是耗費了極大心力才來到這裡。雖然不曉得她是怎麼辦到的，但她應該是拚命尋找和小夜子有關的人，好不容易才找到我這裡來。

「而且，你是小夜子高中時候的男朋友吧？」

彌生目不轉睛地仰望我，探詢地問。

「唔，是啦……」

被直截了當地這麼問，我方寸大亂，只能含糊以對。應該是小夜子告訴她的吧。雖然不曉得她知道多少，但至少可以看出小夜子和彌生眞的很要好，甚至連高中男友的事都告訴她了。另一方面，不同於求學時期，小夜子現在身邊應該沒有可以信賴的男性朋友。所以遇上這種事，才會求助無門，只得投靠高中時的「前任」。

這麼一想，彌生會找上這裡，或許也是合情合理的事，但就我而言，一個素昧平生的女子突然上門拜託說「小夜子有危險，我要去救她，你跟我一起來」，我實在沒辦法一口答應。

我沒那麼天真無邪，能不分對象地全面信賴他人，而且明天就是星期一了，我還要上班，身爲有工作的人，有必須要負的責任。雖然我沒有要好的朋友，連女友都沒有，但還是有一兩樣非做不可的事。

儘管牽掛不下，但我還是打算拒絕，然而這時彌生說出了我意想不到的話。

「其實，小夜子到現在都還愛著你。」

2

我是在高中入學典禮的時候遇見葦原小夜子的。

我從以前就不擅長念書，運動神經也普普通通，只是個平凡無奇的學生之一。我和班上同樣不起眼的同學進行交流，建立起尚可的關係，避免招來出鋒頭的學生霸凌，過著平靜的生活。這就是我的國中生活。所以我以為上高中以後，也會重覆三年相同的生活，對此也不覺得有什麼值得哀嘆的。

比起抱持期待，我更想度過不失望的高中生活。我懷著如此消極的心態，穿上嶄新的制服參加入學典禮。校長制式化的致詞、家長會長致詞、依入學成績決定的學生代表致詞。我對抗著睡意，捱過這枯燥的時光，這時不曉得是感應到什麼，或只是想要舒緩一下頸脖，我完全是漫不經心地轉頭望向斜後方時，和一名女孩對上眼了。

女孩身材玲瓏，五官精緻，唇色紅潤。一頭烏黑亮麗的中長髮，就像用尺畫出來的一樣筆直。那雙渾圓大眼驚訝地睜大，和轉頭的我迎面對望了。

我對她一見鐘情了。就我有記憶以來，我從來不曾像這樣一門心思全被自己以外的某人給占據。我發現自己正不顧他人眼光地注視著她，連忙別開視線往前看，但她的表情和身影已經烙印在視網膜中，揮之不去。我猶如身處夢中一般，結束入學典禮，回到教室，發現居然和她同班，簡直是喜上雲霄。就連葦原小夜子這個名字的發音和字形，都讓我感到神聖無比。

這天開始，我漫長的單相思開始了。過了很久，我才終於有機會和小夜子面對面說話。但我認爲這段時間是必要的。對她的戀慕與日俱增，滿溢而出的熱情灼燒著我的全身。過去昏昧不明的視野變得清明，彷彿時時刻刻都受到世界的祝福，如痴如醉。如此純粹地思慕著一個人的時光，對於當時人際關係貧瘠的我來說，是無可取代的幸福。小夜子光是身在那裡，就讓我無比地幸福。

對我而言，葦原小夜子就是這樣的存在。

見我不願答應，有川彌生把寫了聯絡方式的便條紙塞給我回去了。

和我一起把小夜子帶回來——她似乎也清楚這個要求很沒常識，而且自私，所以交給我定奪。

如果我拒絕，她會一個人去找小夜子嗎？如果她一個人去了，會通知我小夜子究竟是否平安嗎？不，一定不會。如果我拒絕，彌生就不用說了，我一定也會徹底失去與小夜子的連繫。無論她是否平安，我都再也不可能見到她，也聽不到她的聲音了吧。

與小夜子的分手完全是單方面的，讓我深受重創。即使過了六年的歲月，當時的創傷依舊未能痊癒，往後恐怕也永遠不會痊癒。我拚命想要遺忘，卻忘不了，只能等待記憶日漸風化。但我總是不小心憶起她，也曾經夢見她。醒來之後，發現那只是夢幻一場，我多次潸然淚下。小夜子現在仍在這個世界的某個地方，但我卻無法確定她的存在，在失意中度過了好幾年。我以爲這樣的日子會永遠持續下去，甚至開始覺得這樣就好。

然而現在機會卻自己送上門來，只要我稍微鼓起勇氣，或許就能讓幻夢化爲現實。我可以再次親眼看到眞實存在的小夜子，甚至可以跟她說話。或許還能破鏡重圓，再次攜手共度往後的時光。

沒錯，可能性絕對不是零。但如果在這時候畏縮，裹足不前，這個可能性也會消失。零永遠都是零。既然如此，即使只有百分之一的可能性，是否也應該緊緊抓住？小夜子或許會拒絕我。或許她不會理我。搞不好她根本把我忘得一乾二淨了。然而我卻還是想要賭上一把，都是因爲彌生臨去之際留下的那句話。

「其實，小夜子到現在都還愛著你。」

這就是我最後做出的答案。

彌生回去以後，我繼續先前中斷的房間整理工作。擦拭髒地板，出動吸塵器，清洗餐桌上雜亂的餐具。專心一意地整理之間，心情也漸漸平靜下來了。最後將分成好幾袋的大量垃圾塞進很久沒洗的單廂迷你車，出門丟垃圾。天色泛白，步入黎明之際，總算回到家的我身心俱疲，全身痠痛，心情卻出奇晴朗。我這才體認到原來人找到屬於自己的使命時，心境竟會如此清爽。

我拖著倦體前往浴室，沖了個澡，將疲勞和污泥一同洗去。躺在床上，小睡了約一個小時，看看時間差不多了，便打電話到職場。雖然不知道需要多久時間，但我傳達請假四天的要求。對於我臨時請假，上司似乎有話想說，但我不加理會，直接掛了電話。如果上司要因此開除我，我覺得那也無所謂。

我有必須拋下其他一切去完成的事。這件事強烈地驅動了我。

我聯絡彌生，她發出由衷喜悅的聲音，說要立刻出發。我迅速收拾好行李，離開公寓。

3

即使過了通勤時段，站前依舊人滿爲患。西裝上班族目不斜視，行色匆匆，穿運動服的女高中生愉快地並肩前行。這些熟悉的景色，現在卻彷彿遙遠的另一個世界，是因爲我現在即將前往的地方，是個異於平時的非日常世界嗎？

一群貌似觀光客的外國人一身不合季節的打扮，擠在伴手禮店前。我用眼角餘光瞥著他們，把車停到圓環，立刻就看到彌生了。和昨晚不同，她一身輕便的打扮，穿著白底花圖案的無袖上衣和五分牛仔褲，腳底踩著運動鞋，肩上揹著略大的波士頓包。我放下車窗出聲叫她，彌生注意到我，微微舉手跑了過來。

「謝謝你願意一起來。」

彌生打開副駕車門，坐上車子，鬆了一口氣似地說：

「看來小夜子說的沒錯，你是個好人。我總算放心了。」

「小夜子那樣說我？」

我意外地反問，彌生當下回答「對啊」，伸手拉起安全帶。她似乎不打算現在細談這件事。雖然覺得有些遺憾，但這已完全足夠讓我的心小跳步起來。

「你知道怎麼去稻守村嗎？」彌生問。

「我知道怎麼去巖美澤市，但接下來可能要靠導航了。」

「沒關係，我幫你看路。出發吧。」

彌生取出手機，打開地圖**APP**。載著兩人的車緩緩地開出圓環，向前駛去。到稻守村的車程約兩小時半。大概開到一小時左右，就來到了巖美澤市。到這裡都是車流順暢的國道，但接下來越過兩座山嶺後，就是茂密的森林圍繞的山路。雖然道路都有鋪面，但路寬狹隘，遇上對向來車，就無法會車，必須小心駕駛。我平常就開車上下班，但好久沒開得這麼如履薄冰、小心翼翼了。從距離來看，應該不會多累，然而開到只差一點就到稻守村的地方時，我的疲勞已經瀕臨極限了。

「快到了呢。如果你累了，可以換我開。」

「沒事，不用擔心。不過這路況好差。」

我盯著前方險惡的道路，搖頭逞強說，但我眞的是累了，因此喃喃自語的聲音自然變得像在牢騷。

「雖然路這麼糟，但聽說還是有市營公車來回喔。每天早晚各一班，雖然不曉得有多少人搭啦。路上也遇到過幾次卡車，所以好像也有物資流通呢。」

「意思是並非完全的陸上孤島嗎？」

但我還是不認爲會有人沒事想要來這裡。前往稻守村的道路就是如此崎嶇。幾乎沒有岔路，所以不用擔心迷路，但彎道和上下坡連續不斷，動不動還有蝦夷鹿和狐狸橫越前方。要是在這種地方撞上蝦夷鹿，那才是眞的要完蛋。會進退維谷，被困在山裡過夜。

我做出不吉利的想像，把自己搞得更加疲勞，旁邊的彌生把手機收進皮包裡，靠在椅背上深深地嘆了一口氣。路況這麼糟，光是坐在旁邊就累了吧。

「妳才是，如果累了，可以睡一下。」

「別說笑了，我可沒那麼厚臉皮。」

我是在關心她，卻被輕瞪了一眼，連忙把視線轉回前方。感覺隨著目的地接近，彌生的態度愈來愈緊繃。她當然是在擔心小夜子，但其他還有什麼讓她不高興的事嗎？

「抱歉，妳生氣了？」

「——怎麼會？」

彌生語塞了一下才反問。

「沒有啦，就，妳看起來好像不太高興。」

我直白地說出感受，彌生一瞬間驚覺似地表情僵住，接著垮下肩膀，垂下頭去。

「抱歉，我不是故意要遷怒，可是怎麼說，我很不安……」

她發出意外低聲下氣的聲音，最後變成了囁嚅。

「為了小夜子的事嗎？」

「這當然也是，可是不只是這樣而已。」

欲言又止的彌生，側臉顯得相當緊張。冷氣明明夠強，她的額頭卻冒出了一層汗。

「以前小夜子跟我說過稻守村的事，內容有些古怪。」

彌生把聲音壓得很低，不是呢喃，也非細語。她那僵硬的表情莫名地讓我印象深刻。

「小夜子說她小時候，每逢假日，父母經常會帶她來稻守村。村子周圍群山環繞，小河裡有許多魚兒，充滿大自然綠意，她總是玩得很開心。她說她也很期待跟堂妹見面，每年都一定會回來。」

我第一次聽說。至少在我的記憶中，小夜子從來沒有向我提過稻守村的事。如果是那麼快樂的回憶，應該可以跟我分享才對。然而她卻不曾向我提起，這表示對她而言，我並不是那麼重要的人吧。

雖然不願意這麼想，但腦袋不由自主地被負面思考所占領。

「不知道為什麼，小夜子上國中以後，父母就再也沒有帶她回村子了。小夜子不知道理由，就算問父母，父母也都含糊以對，讓她非常生氣。可是有一次，她父親不小心說溜了嘴，『我們不能讓妳變成巫女。』」

「巫女……？」

我模糊地反問，無意識地歪起頭來。

聽到「巫女」兩個字，我當下想到的是身穿白衣及紅袴的神道教巫女，但這跟現在說的事有什麼關係？我不明白兩者之間的關聯。

「她的父母好像不肯再透露更多。後來小夜子忙於功課和社團活動，想回去村子的心情也漸漸淡薄了。可是她的父母在兩年前的車禍中過世的時候，她在葬禮上見到了姑姑和祖父。從此以後，他們動不動就叫小夜子回村子。光聽這些，感覺他們好像是在擔心父母雙亡的小夜子，可是……」

「並不是嗎？」

「小夜子說要回去村子的時候，跟我說『村子要舉辦二十三年一次的儀式，我要去參觀』。」

「二十三年一次的……儀式……？」

我鸚鵡學舌地複誦。不知爲何，這些話光是聽到，就教人一陣發毛。

「我也不知道她是在說什麼儀式。或許和她父母說的巫女有關。小夜子一定也是在不清楚的情況下跑去村子的，所以搞不好……」

「搞不好小夜子是因爲那個什麼儀式，被困在村子裡……？」

我接口問道。彌生只是沉默，沒有回答。

輪胎輾過乾燥地面的聲音在車廂內迴響。直至這時，我才發現不知不覺間，連廣播訊號都收不到了。窒悶的沉默籠罩著我倆。

我原本以爲只要去到稻守村，就能找到小夜子。小夜子就在村子裡，我們高中畢業後時隔六年再會，可以一起聊著往事，踏上歸途。然而看看彌生的樣子，我漸漸覺得狀況似乎不容如此樂觀。無以形容的不安攪亂著我的心，我感受著握住方向盤的手心逐漸冒汗。

小夜子爲什麼會去稻守村？她在那裡發生了什麼事？她爲什麼不回來？這些疑問和她說的「儀式」有關嗎？如果是的話，把她關在村子裡三星期之久的「儀式」，到底是什麼活動？

日常生活中幾乎不會聽到的這個詞，散發出無以名狀的危險氛圍。我感到窒息，把車窗放下一些。濕暖的風吹進來撫過臉頰。

「……抱歉，現在才講這些，你一定嚇到了吧？就像在猜拳中後出，很奸詐。」

彌生垂下眉毛，擠出掩飾的假笑。

「可是，一定是我想太多了。我也覺得雖然我們在這裡擔心得要命，可是搞不好去到那裡一看，小夜子活蹦亂跳的，還說『你們怎麼會跑來』。當然，要是她眞的這樣搞，我一定會惡狠狠地罵她一頓。」

彌生假惺惺地鼓起腮幫子說。受到她的影響，我也跟著笑了出來。

就在這瞬間，我第一次對這名剛認識不久的女生感到親近。

「把你一起帶來，也會變成一個大驚喜。眞期待小夜子會露出什麼樣的表情。」

彌生就像想到這個好點子地說，「嘻嘻」露出惡作劇般的笑容。

「我可以問個問題嗎？」

「什麼？」

我抓住沉重的氣氛緩和下來的時機，提出一直耿耿於懷的疑問。

「妳說那個，小夜子還愛著我……也就是說，小夜子對我還……？」

又不是當面問本人，我卻緊張得聲音沙啞。驚慌失措、糗態百出的自己就像個沉浸在初戀的青少年，實在窩囊到不行。但另一方面，我卻也豁了出去。

這也是當然的。只要遇到小夜子的事，我永遠都是個沉浸在初戀的青少年。我就和那個時候一樣，爲她的一言一行忽喜忽憂，無時無刻不爲她怦然心動，是個近乎愚昧地思慕著小夜子的純眞少年。

我就是小夜子的俘虜。

「唔，這個嘛……」

彌生露出極爲老成、甚至可說是妖艷的表情，唇邊泛起笑容。

「這種事，你得去問她本人。只要見到小夜子就知道嘍。」

彌生以不容追問的語氣說完後，靠到椅背上，望向前方，就像在說這個話題結束了。

她聽起來有些受不了我，讓我沒辦法再深入追問下去。

雖然有種消化不良的感覺，但也不能老顧著聊天，疏忽了開車。我注視前方，暫時專心駕駛。

接下來大概開了約十五分鐘，感覺永無盡頭的山路終於結束，車子駛出開闊的道路。放眼望去，是一片田園風景，路邊的舊看板映入眼簾。看板上，除了指示前方的箭頭外，還有看不出是松鼠還是狸貓的動物圖案，以及「歡迎來到稻守村」的字樣。

「前面就是稻守村了。」

我聽著彌生隱含著緊張的聲音，小心踩下油門，將車子駛進村子裡。

第二章

1

倉坂尚人。我到現在仍會想起這個熟悉的名字。

我在高中認識他，和他交往了一年半左右。我無法立刻表白心意，徒然浪費了寶貴的光陰，但升上二年級，和他分班的時候，我感覺到即將就此離別的危機，立下決心向他告白了。得知他對我也是同樣的心情時，我眞是歡天喜地。

接下來直到畢業，與他共處的一年半時光，是我最珍貴的寶物。午休我們一起吃便當，放學後一起回家。我們會在路上的公園聊上好幾個小時，也會去彼此的家裡作客。我們在當地知名的櫻花道手牽手散步，在夏祭穿上浴衣去看煙火。

我們的交往是同齡的高中生都會想像的、極爲平凡普通的內容，但這比什麼都要來得幸福。即使到了現在，只要像這樣閉上眼睛，我就能回想起當時的情景。他意志堅定的眼睛、有些粗濃的眉毛、厚唇、笑起來只有一邊會浮現的酒窩。所有的一切都好懷念，令人珍惜。

他的一切，都讓我……

紙門無聲無息地打開，熟悉的臉探了進來。

「抱歉，小夜子，原來妳醒著。」

看到我跪坐在書桌前，堂妹久美「啊」了一聲，抱歉地縮起肩膀。我搖搖頭笑道：

「沒事，妳是怕吵醒我吧？」

「因爲平常這時間妳都在休息，所以我以爲妳已經睡了。妳不休息沒關係嗎？」

「嗯，我沒事。謝謝關心。」

久美說的「這時間」，指的是下午「修行結束後」的意思。從我們生活的葦原家的屋子到神社的途中，沿著岔路一路走下去，有一片安靜的河岸。那是此地古來信仰對象的稻守山山頂流過來的清流，村人也很少闖進那裡。這幾個星期，我都在那條河沐浴——這似乎稱爲「祓禊」。據說是要把出生以來的一切行爲、體內的一切污穢都清洗殆盡，爲神聖的儀式做準備。我們稱其爲「修行」。

將全身浸泡在冷冽徹骨的水裡直至肩部，唱誦祖父教我的「祓禊詞」。每天上午和下午都要進行一次，此外的時間也要關在這處小屋唸誦祝詞，讓身心盡可能接近「無」的境地。

我必須持續這些修行，直到時隔二十三年，舉行主祭的下一個新月之夜。

「可是，巫女的職務比想像中更辛苦呢。」

雖然我一直小心不要埋怨，卻不小心吐露了眞心話。在空位跪坐下來的久美抱歉地低下頭：

「對不起，小夜子，其實今年的主祭應該是我要當巫女的。」

「妳在說什麼啊？我不是說過，既然已經決定了，就不要再放在心上了。再說，負責照顧我的人是妳，我眞的很開心。」

久美似乎聽進了我的話，表情倏地亮了起來。

「不過這會不會太嚴格了啊？主祭以前，巫女都不能與外界接觸，這再怎麼說都太過分了吧。不只是不能見面，連打電話傳簡訊都不行，簡直是拷問。」

「沒辦法，這是自古以來的傳統。」

「可是，至少讓人上個網也好吧？像這樣每天修行，半點樂子都沒有，都快無聊死了。唉，爺爺跟我爸眞是，有夠老古板。這種就叫做古老陋習吧？喏，就像《犬神家》（註）啊、《八墓村》那些。」

「久美，妳是知道它們的內容，才舉這些例子嗎？很不吉利耶。」

我嘴裡說著，卻也忍不住苦笑，久美輕靠上來說：

「可是，可以跟好久不見的小夜子像這樣一起生活好幾個星期，我好開心。只有這一點，或許得感謝一下他們呢。」

久美露出天眞無邪的笑容看我。她的眼睛清澈無瑕，就像個童稚的小女孩。

「以前我們常常兩個人一起玩呢。因爲男生都好粗魯，無聊死了。」

「沒這回事吧？小時候我們都是大家一起玩，很快樂啊。」

有嗎？久美不滿地低吟了一下，卻忽然沉默下去，彷彿不知道該說什麼。

「久美？怎麼了？」

「……小夜子，妳不會有事吧？」

聽我訝異地詢問，久美低低地擠出呢喃聲說：

「稻守祭會順利吧？會平安無事地結束，大家繼續過日子吧？」

那確認的語氣，感覺與其說是想要知道答案，更像是急切地想要得到安心。她應該是希望我告訴她「沒事的，放心吧」。

註：指《犬神家一族》，與《八墓村》同爲橫溝正史的民俗偵探小說，主角皆爲金田一耕助。

「……沒事的。從古時候開始，這個儀式不是已經辦過好幾次了嗎？」

我只能勉強這麼說。究竟是否會平安順利，我自己也不知道。但聽到我的話，久美還是露出打從心底安心的表情。

她一定沒有發現，我的話無憑無據，只是安慰而已。還有身負巫女之責的我，因爲不知道能否順利完成職責，每天幾乎都快被不安和恐懼給壓垮了。

「對了，稻守祭結束後，換我去妳家玩，可以嗎？」

久美以驚人的速度恢復開朗，雀躍地說。

「來我家？」

「可以吧？好嘛，拜託嘛。因爲我幾乎都沒有出去旅行過。高中上的是山腳下小鎮的學校，一畢業就去村公所上班了。就這樣在狹小的世界裡結束這輩子，未免太空虛了。不偶爾去村子外面透透氣，我都要乾掉了。喏，如果是去妳那裡，我爸媽一定也會答應的。」

不知情的人聽到，或許會笑出來：久美都二十幾歲了，離開村子怎麼還需要父母的同意？

葦原家長年主持葦原神社，爲稻守村的安全及豐收而祈禱。我的父親身爲長男，卻拒絕繼承祖父，離開了村子，因此神社由姑姑招贅繼承。後來姑姑和姑丈有了久美，卻沒有子嗣，因此下任繼承人一樣只能由久美像母親那樣招贅。

因此不只是父母，連祖父都從小牢牢掌控著久美，徹底把她培養成一個深閨千金。我不清楚久美對自己的際遇有多少理解與接受，但一個年輕女孩連自由外出都沒辦法，會累積不滿也是情有可緣的事。

久美說這是「古老的陋習」，雖不中亦不遠矣。

「來玩當然可以啊……」

在對久美的同情催化下，我拗不過她，就這樣答應了。久美緊緊地抱住我的手臂，像小孩子一樣歡欣不已，那直率而天真的笑容，就和一起在山林中奔跑的小時候一模一樣。在狹小的小屋裡和久美朝夕共處，讓人錯覺彷彿回到了那時候，甚至差點忘了自己巫女的身分。

「對了，到時候把妳的男朋友也介紹給我吧！」

「男朋友？」

「喏，妳之前不是跟我說過？妳高中時交的男朋友。」

我不明白她的意思，數秒之間，思考完全當機了。

我好不容易恢復正常意識，擠出粉飾的笑容。

「他已經不是我男朋友了，而且後來我們就沒有聯絡了……」

我忍不住支吾其詞起來。

我知道高中畢業後，尙人考上了札幌的大學。雖然不知道後來怎麼了，但一年前偶然再會的同學告訴我，他進了一家知名企業。尙人現在也過得很好，成長爲獨當一面的社會人士了。光是這麼想，胸口便奇妙地灼熱起來，讓我覺得自己也必須努力才行。

「既然這樣，妳可以趁機再跟他聯絡啊。搞不好又可以死灰復燃喔？」

久美完全不明白我的心情，自顧自地說，眼睛閃閃發亮。她的氣勢讓我畏縮，卻也感到躍躍欲試，這樣的心情強烈地撼動了我的心胸。心臟在無意識中逐漸加速，呼吸灼熱起來。

「好期待喔，要是那樣發展就太棒了。」

久美天眞無邪地說著，我對她的側臉回笑，努力佯裝平靜，內心卻是波瀾大起。如果眞的那樣發展，會有多讓人開心啊！不，就算沒那麼順利也無所謂。只要能再見他一面，光是這樣，一定就能讓我心花怒放。即使明白這是不可能實現的綺想，我卻遏止不住妄想逐漸膨脹。

再會的時候，第一句話要對他說什麼？

我要說出與那時候完全不變、我坦率的眞心。

2

開在稻守村的馬路上，零星可見超市和超商，景觀比想像中更要現代。綿延而出的田園景致旁，除了像是公家機關的建築物和郵局、小學以外，甚至有看似家庭餐廳的店家櫛比鱗次。

在村子主街道的那條馬路上不斷前進，途中與從事農活的老人，或走出小商家的購物客擦身而過。可能是平時很少看到外地人，覺得稀罕，他們不客氣的打量目光讓人感到芒刺在背。彌生似乎也有相同的感受，雖然沒有說出口，但刻意將目光固定在前方，表情緊繃。

我們沒有迷路，很快就找到了小夜子祖父家的葦原家。道路前方有一塊刻著「葦原神社」的老舊御影石，緊臨一旁是未鋪面的坡道。稍前方有疑似圍牆的物體，因此我小心地把車開進碎石路，在青翠的樹木掩映中，看見一幢古色古香的日式房屋坐落其中。

下了車，時隔數小時伸展身體，清徹的空氣舒爽極了。經過大宅前方，爬上坡道，前方有鳥居，再上去應該就是神社吧。

「小夜子家好像是代代守護這座村子神社的家系。她說她小時候神主是祖父，現在是姑姑的丈夫——她的姑丈繼承家裡。」

注意到我在看鳥居，彌生爲我說明。

「小夜子家是神社？我都不知道。」

我說出內心的想法，彌生露出奇妙的表情歪頭說：

「小夜子沒跟你說過嗎？」

「完全沒有……」

我說，彌生又奇妙地「是喔」了一聲。

「她提過那個時候她的父母和祖父關係好像不太好，而且後來一直都沒有回來這座村子，就算是刻意不跟你說，或許也不奇怪吧。」

彌生兀自信服地點點頭，稍微伸了個懶腰，望向房屋。

蓊鬱的樹林另一頭，蟬聲震天價響地大合唱。這個地點似乎位於一座小丘，能夠將稻守村悠閒的風景一覽無遺。如果每天像這樣俯視村子，是不是會覺得自己擁有這整座村子？我想著這些，再次將視線轉向坡道前方。

在泥土與樹葉的色彩交錯中，鮮紅的鳥居色彩顯得格外突出。我仰望矗立在前方的稻守山，忽然陷入一股難以言喻的感受。就彷彿人類不管再怎麼掙扎都無力招架的大自然威猛，或者說平日的生活絕對不會目睹的強大存在的氣息，隨時都會從眼前的高山鋪天蓋地襲來。

不知不覺間，雙腳生了根似地無法動彈，我只是茫然佇立在原地。

——就好像整座山席捲而來……

我陷入這種宛如妄想的感覺，不知道就這樣怔了多久。

「……倉坂？喂，倉坂！」

發現聽到的聲音是在叫我，我總算回過神來。站在葦原家大門前的彌生訝異地蹙眉。

「你還好嗎？怎麼好像恍神了？」

「哦，呃……」

我一時想不到該如何敷衍，含糊地點著頭，再次望向鳥居。我沒有再次陷入剛才那種感覺，樹木和高山，所有的一切都只是單純的風景。

「沒事，我很好。」

「這樣，那我們快走吧。」

彌生也沒怎麼在意，轉過身子，按下氣派的大門旁的門鈴。不一會兒，對講機傳出略顯詫異的女聲。彌生告知來意，對方默默地關掉對講機，很快地，一名中年婦人出現在玄關。

婦人起初用一種打量外人的眼光目不轉睛地看著我們，但彌生自我介紹後，她便換了副態度，笑容滿面。

「哎呀，小夜子的朋友居然跑來這麼偏僻的地方找她，她知道了一定會很開心。」

婦人落落大方地說，搖晃著差不多有兩個彌生大的身體，自我介紹她叫葦原秀美，豪爽地笑了。看來她就是小夜子的姑姑。

「沒有事先知會就突然跑來，真是抱歉。」

彌生客氣地說，秀美誇張地用力搖頭。

「沒關係啦。小夜子都沒有跟你們說一聲，對吧？那孩子從以前就是這樣，看起來很懂事，卻老是少根筋。」

秀美掩口「喔呵呵呵」地笑，我和彌生都有些被她的氣勢壓倒了。

「請問，那小夜子呢……？」

但我還是振作起來問，結果原本笑容大放送的秀美，表情陡然罩上了陰霾。

「說到這個，你們特地跑來，眞的是很抱歉……」

她別有深意地手扶臉頰，露出爲難的表情。我正想問是在爲什麼抱歉，她已經推開玄關門，請我們入內了。

「總之請進吧。開了那麼久的車，一定累了吧？來，行李我幫你們提。」

秀美以不容反抗的態度推著我們進門，我們在脫鞋處脫了鞋，循著走廊入內。葦原家就如同傳統日式房屋的外觀，內部裝潢也讓人感受到日本獨特的歷史與風格。從玄關看過去，正面右邊有樓梯，左右有一道掛著短簾的木門。長長的走廊前方，在盡頭處右轉，有可以輕鬆容納十人休憩的大和室。牆上裝飾著掛軸、水墨畫、不知道是老鷹還是鷲的猛禽類標本，我忍不住被震懾了。我們就像被幽幽掠過鼻腔的木頭香所引誘，提心吊膽地踏進和室，在爲我們準備的座墊坐下來。

「我去端茶過來，你們慢坐。」

秀美踩著從胖碩的身軀難以想像的輕盈步伐離開，我向她點頭致意後，重新環顧室內。灰泥牆面，天花板上是裸露的屋梁。簷廊外是一座美侖美奐的庭園，有精心修剪的草坪、散發高級感的鋪石，甚至還有池塘。

「好厲害，我從來沒看過這麼豪華的院子。」

我忍不住脫口而出，一旁的彌生苦笑。

「會嗎？只是土地太大而已吧。」

彌生滿不在乎地說出要是被秀美或其他家人聽到了可能會不舒服的話。緊接著，靠走廊的紙門打開，秀美用托盆端著茶水和茶點回來了。

「不好意思，讓兩位久等了。」

彌生剛才的話被聽到了嗎？我一陣驚慌，但從秀美的態度來看，似乎沒有聽見。我鬆了一口氣，就要伸手拿取矮桌上的茶點，這時一名老人現身和室。

「爸，這兩位是小夜子的朋友。他們擔心小夜子，所以過來看看。」

秀美稱為父親的老人——也就是小夜子的祖父，蜷著窄小的肩膀，一臉慈祥老人的表情，應著「這樣啊」，垂下眉尾。

「你們是小夜子的朋友啊。難為你們大老遠跑到這樣的鄉下地方來。」

在矮桌對面坐下的老人——葦原辰吉感動地說。秀美抱著托盆，也頻頻點頭。看到兩人這樣的反應，我和坐在旁邊的彌生面面相覷，總感到難以釋然。

受到歡迎，當然令人開心。來到這裡之前，我都在擔心對方會不會不跟我們溝通，直接讓我們吃閉門羹，事實上我也跟彌生討論過這個可能性。然而實際拜訪，卻受到這樣的感謝，因此讓人有種一拳揮空的感覺。

而且坐在眼前的老人，那雙眼睛緊盯著我不放。辰吉看也不看彌生，就只注視——不，那眼神更應該形容爲「凝視」，直瞅著我不放。感覺那並非對擔心孫女而來的青年的好意眼神，而是另有用意。

「——那，小夜子在哪裡呢？」

我硬是甩開占據腦袋的疑念，提出問題，結果辰吉的表情罩上了些許陰霾。這反應和剛才的秀美非常相似。

「我不曉得該怎麼說才好，但還是明白告訴你們吧。我不能讓你們見小夜子。」

「等、等一下，這是什麼意思？」

彌生率先抗議。她雙手扶桌，探出上身，辰吉打開布滿皺紋的手，像要制止她。

「甭擔心，小夜子人就在這裡。喏，那兒不是有棟小屋嗎？」

辰吉指向簷廊。貌似穿廊的通道前方，有一棟小建築物。

「她就在那裡，爲什麼不能讓我們見面？」

我也有相同疑問。對於尖銳提問的彌生，辰吉總有些言詞閃爍。就連一直很呱噪的秀美，現在也完全默不吭聲了。

「難道這跟『儀式』有什麼關係嗎？」

聽到彌生的問題，葦原家的兩人露出毫不保留的驚訝神色。

「哦？小夜子告訴過妳啊？既然這樣，那就好說了。」

辰吉瞭然地嚥了嚥口水。

「妳猜的沒錯，三天後的稻守祭上，小夜子將要扮演非常重要的『巫女』一職。根據習俗，被選爲巫女的人，在祭典舉行之前，都必須祓禊淨身，斷絕與外界的一切接觸。不只是外人，連村裡的人，甚至是我們家人，都絕對不能犯禁。」

「意思是，在稻守祭結束之前，小夜子都必須一個人關在小屋裡？」

我問。辰吉把目光轉回我身上，深深點頭。

「不過還是需要有人照料她。她的堂妹，也就是秀美的女兒久美，負責照料她的生活起居。她們兩人必須隔離在這幢宅子的小屋裡，持續祓禊，直到下一個新月之夜。」

辰吉最後說，要完成巫女的職責，這是最重要的一件事。秀美補充說，她會準備餐點，端到小屋，出聲叫人，然後女兒久美出來，把餐點端進去。因爲進行祓禊的完全是要擔任巫女的小夜子，久美並未被禁止與家人接觸。

「那，小夜子已經在這個家的小屋被關了三個星期嗎？」

彌生語帶責怪、尾音有點嗆地說。

可能是察覺她的言外之意，辰吉搖了搖頭。

「選擇小夜子擔任巫女的是我們村人，但我們並沒有逼迫她。小夜子也明白這一點，她是自願待在小屋裡的。」

辰吉表情嚴厲，斬釘截鐵地說。彌生一副無法接受的樣子，但對方宣稱是本人自願這麼做的，我們也無法繼續質疑。而且也無從查證，因此只好相信辰吉的說詞。

「都來到這裡了，我們卻什麼都不能做嗎？」

彌生眼眶含淚地看我。我也不知道該說什麼好，咬住下唇。

雖然未能親眼看到小夜子本人，但至少掌握了她的消息。她並非遭遇不測，也沒有被捲入麻煩。她時隔數年回到這座村子，被賦與了村中祭典的重要角色，爲了準備，斷絕了與外界的連繫。光是知道這些，來這一趟或許就算值得了。但彌生似乎無法接受，表情陰沉不滿。

當然，我也並非心滿意足。如果能夠，我想親眼看到小夜子，親耳聽到她安好的聲音，但如果本人是基於自己的意願關在小屋裡的話，我們也莫可奈何。

我做出這個結論，瞥了眼彌生似乎仍舉棋不定的側臉。

「抱歉突然跑來打擾。那個，那我們就……」

就在我準備起身的時候——

「噯，慢著，別著急。既然都來了，你們也留下來參加祭典吧。」

辰吉輕描淡寫地說，秀美聞言雙手合十，彷彿聽到什麼好主意似地歡聲道：

「對啊，就這麼辦吧！小夜子一定也會很開心。」

這意想不到的提議，讓我和彌生茫然對望了片刻。

「可是，可以嗎？我們又不是村子裡的人。」我說。

「當然沒問題。又沒有規定村子以外的人不能參加祭典。而且愈多人參觀愈熱鬧，泣女大人一定也會很開心。」

「泣女大人……？」

「葦原神社祭祀的本村的神明。今年的稻守祭，除了每年都會舉辦的『前祭』以外，還有二十三年一次的『主祭』。主祭是清理御神體，祈求村子平安豐收的儀式，村裡的人都稱它爲『泣女大人的儀式』。」

「『泣女大人的儀式』……」

我喃喃複述辰吉的話，這時，一股無以名狀的感覺讓我一陣慄然。

不管是村子的繁榮，或是五穀豐收，自古以來，日本人事無大小，都崇拜、祭祀著身邊的神明，以祈求自身的平安健康。流傳在這座村子的儀式，應該也不出這個範疇，是非常自然、古老的祭祀活動。然而，爲什麼我會如此強烈地感到毛骨悚然？彷彿某種神祕的事物在地底蠕動般，無法形容的不舒服自腳底爬了上來。

一股在進入葦原家之前感受到的、宛如整座山壓將而來的感受，或更甚於此的壓迫，讓我吐出呻吟般的嘆息。

「這麼決定的話，今晚一定會很熱鬧。」

秀美明朗的聲音傳入耳中，把我從沉思中拉了回來。

「主祭是在三天後的晚上舉行。在那之前，你們睡在這裡吧。村中各處都忙著準備祭典，但你們可以悠哉消磨時間。」

對方的好意應該讓人感謝，我卻不甚樂意。我在莫名的焦躁驅使下，幾乎是反射性地就要婉拒，然而——

「小夜子一定也這麼希望。」

辰吉接著說出的這句話，讓我的思考停止了。只是聽到小夜子的名字，籠罩在心胸的烏雲便瞬間煙消霧散。

「可是，這樣不會太麻煩你們嗎……？」

我正說不出話來，旁邊的彌生怯怯地這麼問，結果秀美立刻搖頭說：

「才不會呢。這種地方難得有訪客，而且人多熱鬧才好啊。再說，這下就有了喝酒的藉口了，你很開心吧，爸？」

辰吉悶哼一聲，撇過頭去，似乎被說中了。彌生向我投以徵詢的眼神。事已至此，我找不到拒絕的理由。

就這樣，我和彌生在葦原家住了下來，直到三天後的稻守祭。

3

這天晚上，葦原家請來交情特別好的村人舉行宴會。

端上桌的料理每一道都很美味，渴望家常菜滋味已久的我忙碌地動筷。見我和彌生大快朵頤的樣子，秀美笑逐顏開，說「讓做菜的人很有成就感」，辰吉也從頭到尾興致高昂，比起勸酒，更忙著在自己的杯子裡斟日本酒，喝個不停。

「你叫倉坂啊，哎呀，好酒量！」

拿著酒瓶醉紅了臉，頻頻向我勸酒的，是秀美的丈夫，葦原神社的現任宮司——葦原達久。

除了葦原家的人以外，還有村長和小學校長等，眾多村人來到大和室參加宴會。從各人的年齡來看，應該是村中要人雲集。每個人似乎都很歡迎我和彌生的來訪，不斷地爲我們斟酒，我被灌到幾乎喝不下了。

秀美抓住醉到不行的我，刨根究底地想要問出我和小夜子的關係。我面露難色地說這是隱私，她便搬出莫名其妙的理由。

「小夜子就像我的女兒，你不要見外。」

然後更進一步逼問我。招架不住的我，結果只好繼續灌酒，以躲避秀美的追擊。因此宴會尾聲時，我已經整個人酩酊大醉了。

相對地，彌生不管喝上再多酒，都一臉沒事，甚至還扶著醉到意識不清的我回去被安排的寢室。

躺到被子上，在朦朧的意識中，我想爲自己醜態畢出的事向彌生道歉，但彌生離去之際，露出侮蔑的眼神對我說的，卻是近似唾罵的言詞。

「就算喝醉了，居然問女生那種問題，你眞是有夠差勁的。」

我到底說了什麼……？

睡著後過了一陣子，我忽然感到呼吸困難，轉醒過來。房間寂然無聲，籠罩在一片漆黑之中。我伸手摸到手機拿起來一看，凌晨兩點多。剛撐起上半身，便感到頭痛欲裂。也不掂掂自己的斤兩，人家勸酒就喝，現在終於付出代價了。

我按著太陽穴起身，瞬間尿意湧了上來。打開紙門，躡手躡腳地走過與室內一樣漆黑的走廊。北國的夏季，日夜溫差極大，夜風寒冷得令人心驚。安靜的走廊一片陰寒，腳底感受到冰冷的地板觸感。葦原家是典型的傳統建築，但馬桶是沖水式的，很現代。原本我還任意想像會是茅坑，對想像與現實的落差露出苦笑。小解之後，我再次沿著走廊返回房間。

就在這時，視力完全熟悉黑暗的我的視野，捕捉到幽幽浮現的白色物體。

定睛一看，是穿和服的人影。我忍不住「咦」了一聲，停步屏息。我注視著黑暗，甚至忘了吐出吸進去的氣。筆直延伸的走廊前方，遮雨板敞開著，射入朦朧的月光。那部分呈階梯狀，我確實目擊到白色人影從那道階梯下去庭院了。年齡不確定，但外表看上去應該是女性。

那到底是誰？女子體格纖細，因此不可能是秀美，但她女兒久美也不可能在這種時間在外頭走動。我懷著疑問在原地佇立了片刻，接著就像被引誘似地往前進。藉著月光望向庭園，我看見後門是開著的。

敞開的後門另一頭，果眞有著那名白色和服的女子身影——

「——小夜子？」

脫口而出的呼聲微弱，在黑暗中霧散消失。

沒有任何證據顯示我看到的人影是小夜子。反倒說，我希望那是小夜子的願望，比眞的是她的可能性要大得多。但我還是無法停下邁出去的步伐。我趿起階梯底下的拖鞋，走下庭園，前往後門。從門口探出一顆頭往外看，總覺得黑暗變得更濃重了。

我嚥了嚥口水，立下決心，就要穿出後門，卻在這一刻想起宴會尾聲時秀美的提醒。

「屋子裡頭可以自由走動沒關係，但請不要靠近小屋，也不能對小屋出聲說話。還有，日出之前絕對不可以離開屋子。只有這幾點，請務必遵守。」

秀美說這話時語氣平和，卻也在同時，溫厚的她眼神冷若冰霜。那不容辯駁的口吻，就像是單方面的某種警告。

但我現在就要觸犯這個禁令了。到底是爲什麼？用不著說，因爲疑似小夜子的人影剛從這裡走了出去。現在立刻追上去，或許可以追上她。光是這麼想，心臟便怦怦跳了起來。遙遠的昔日，最後一次看到的小夜子身影掠過腦際。經過六年歲月，小夜子也成爲大人了。一想到我所不知的小夜子近在身邊，秀美的囑咐頓時變得無足輕重。

我懷著期待與興奮交揉的情緒，穿過後門走了出去。後門位在屋子西側，正面是一片蓊鬱的森林，露出乾燥泥土的道路沿著圍牆左右延伸。我凝目細看，卻沒看見白色和服人影。

就算思考人去了哪裡，也不可能有線索掉下來。無奈之下，我決定依靠直覺，往道路左邊前進。平坦的道路持續了一陣子，漸漸變成上坡，偶爾吹來的夜風冰涼，舒適宜人，卻有些潮濕，黏附在皮膚上。我不曉得在泥濘的地面走了多久，空氣突然驟變，不知不覺間，我站在一個開闊的空間。

有一道高及胸部的石牆，石牆裡是一棟必須仰望的高大建築物。純和風外觀的三角屋頂建築物另一側，不遠處就有座鳥居，因此我認出這裡是葦原神社。看來從後門沿著坡道往上走，就會來到神社後方。

——不過這種時間，那人到神社來做什麼？

如果方才的白色和服女子是小夜子，那麼或許和巫女的職務有某些關係。我兀自揣測著，輕手輕腳地步上石階，踩上鋪滿鵝卵石的土地。近乎刺耳的寂靜中，我踩上鵝卵石的腳步聲顯得異常響亮。雖然不曉得有沒有意義，但我還是盡可能躡手躡腳前進，避免製造聲響。

走沒多久就是拜殿。沒看到像後門的地方，好像只能從正面進入。輕觸扶手，是老木頭的觸感。

白衣女子是在拜殿裡合掌膜拜嗎？我如此猜測，準備繞到正面時，在近旁發現了一處像小屋的建築物。看似入口的地方只有一處，對開門嚴實地密合著。繞到旁邊一看，有格狀的窗戶，往裡面窺看，也只是一片烏漆庥黑，看不出什麼名堂。若是白天，或許看得到什麼，但是在這樣的夜黑裡，沒有手電筒，實在沒辦法。

我對這裡不怎麼執著，離開之後繞過拜殿，來到神社的正面。神社建築物高大宏偉，仰之彌高，境內鋪滿了鵝卵石，四處零星佇立著石燈籠。是每個人都看過的、很普通的神社境內景觀。腦中浮現小時候我家附近的神社舉辦祭典，我捏著零用錢跑去逛夜市的記憶。

「泣女大人的儀式」要在這裡舉行嗎？想到這裡，我好奇到底是怎樣的內容。首先浮現的，是生了火的祭壇前，宮司打扮得像個祈禱師，大聲唱誦祝詞的景象。我在腦中想像以前在電視上看過的場景，試著代入這個場所。

在村人守望之下，一身巫女穿扮的小夜子出現在篝火照亮的舞台上，展現幻想且華麗的舞姿。彷彿受到她的舞蹈引誘，守護山林的神明伴隨著神聖的光輝降臨，村人伏首膜拜。二十三年一度，村人晉見神明的儀式。村人祭祀尊貴的神明，祈求五穀豐收。山神聆聽人們的願望，回歸山林。

雖然是我任意想像的，但這一幕豈不是頗爲神祕嗎？我自覺到自己想像扮演巫女的小夜子那美麗神祕的形姿，情緒高亢起來。辰吉說，巫女是非常重要的角色。換句話說，儀式是小夜子登台亮相的舞台，做爲我們時隔六年的重逢，感覺再也沒有比這更合適的場景了。

今晚過去之後，距離主祭還有兩天。其實我現在就想立刻見到她，但再捱過剩下的兩天，與扮演巫女的小夜子再會也不錯。

好，就這麼辦吧。我說服了自己。既然如此，最好別再像這樣跟蹤別人了。而且小夜子正處於重要的祓禊期間，禁止與外人接觸，更是不應該去打擾了。最好乖乖回去屋子裡。我這麼想，正準備轉身——

「倉坂……？」

忽然有人叫我，回頭一看，是彌生從鳥居後方探出身體看著我。

「怎麼了？你在這種地方做什麼？」

彌生訝異地問著，用手中的手電筒照向我。

「妳才是，跑來這裡做什麼……？」

可能是溜出屋子被發現的心虛，我反射性地反問，就像要強硬地轉移話題。

「我起來上廁所，看到你走下庭院，奇怪你要去哪，結果看到你走出後門……」

彌生說到這裡打住，有些尷尬地支吾起來。

「妳是擔心我才跟上來的？」

「唔，差不多啦……」

聽到我的問題，彌生有些害羞地搔了搔頭，像要掩飾地說：

「因爲秀美姑姑不是交代過嗎？晚上不可以離開屋子。可是你卻毫不猶豫地跑出來，我當然會擔心啊。」

「也是啦……」

被戳中痛處，這次換我吞吐起來。

「可是，秀美姑姑爲什麼要那樣說呢？」我說。

「說什麼？」

彌生來到我旁邊，用手電筒照著自己的下巴，歪著頭問。

「就是叫我們晚上不可以離開屋子啊。這裡是別人家，四處亂跑的確很不妥，但我們又不是小孩子了，沒必要特地交代這種事吧？」

「應該是擔心晚上外面危險吧？」

「唔……是嗎？因爲她特別交代，我還以爲一定有什麼危險，可是妳看，外面沒人，也沒什麼奇怪的地方啊。」

我攤開雙手，掃視著周圍說，彌生也點點頭。

「的確就像你說的。而且這裡這麼鄉下，應該也不會遇到小混混糾纏。可是一定有什麼理由吧。比方說和祭典儀式有關的理由。」

聽到「儀式」兩個字，我的腦中再次浮現白色和服的身影。我疑惑彌生什麼都沒看到嗎？原本想問，但又打消了念頭。就算在這時候提這件事，也只會嚇到她而已吧。

「喏，可以了吧？快點回去吧。雖然明天我們也沒有要做什麼，可是住在人家家裡，也不好意思睡到日上三竿吧。」

彌生說得一點都沒錯。我乖乖聽從她的話，決定回去屋子。

然而就在我要邁出步子的瞬間——

——嘎呀啊啊啊啊啊！

一道死命刨抓玻璃般的怪聲陡然響起。

我們當場僵在原地。對望之後，四下環顧，無意識地尋找怪聲是從哪裡傳來的。

雖然眼睛稍微熟悉暗度了，但能見度很差，咫尺之外就是一片漆黑。唯一能依靠的光源就只有手電筒，小小的圓光外側就是濃密的黑暗。即使發出怪叫的是凶猛的野獸，也難以看清。萬一不小心讓牠靠近，遭到撲咬就完蛋了。

但比起野獸的威脅，我更感受到不明所以的恐懼。剛才的叫聲是宛如慟哭的尖叫，實在不像是出自野獸之口。野狗或熊再怎麼瘋狂咆哮，有辦法發出那種讓人銷魂喪膽的叫聲嗎？

「那是什麼聲音……？」

我好不容易擠出話來，但彌生似乎連回話的餘裕都沒有，嘴巴半張，表情凍結，纖細的肩膀哆嗦著，不停地急促喘氣。

「不會吧……？怎麼辦……」

彌生夢囈似地喃喃自語，聲音顫抖得令人同情。

「總之待在這裡也不是辦法，回去屋子吧。喏——」

我說著，抓住彌生的手要走，她卻不肯移動，只是呆若木雞。

因爲緊接著，那道叫聲再次響徹四下，而且比剛才更近了。

「不要……不要！愈來愈近了，就在……就在旁邊！」

彌生彷彿遭到雷擊一般，全身劇烈顫動，歇斯底里大叫。她甩開我的手，雙手摀臉，拚命搖頭彷彿在抗拒著什麼。

「近？什麼東西在附近？」

「你也聽到了吧？就那聲音啊！」

彌生的聲音抖到幾乎像在搞笑。她不停地東張西望，拚命搜視，想要在一片漆黑當中找出什麼。

「一定是野狗那些啦。不必嚇成那樣。總之我們回去屋子吧。我們不去招惹，對方也不會隨便攻擊。」

我剛這麼說完，某處便傳來一道「唰啦」聲。是什麼人——不，什麼東西踩在石子地上的聲音。

「不行，來不及！已經來了……就在附近了！」

彌生話聲剛落，下一秒便扯住我的手臂，從拜殿旁邊鑽入了高架地板下方。頭頂就是拜殿的地板，空間狹小，兩個大人塞在裡面，侷促到不行。

「等一……幹麼跑到這種地——」

「噓！」

彌生恫嚇地打斷我，整個人慌亂到不行，連手電筒掉了也不撿。我就要伸手替她撿拾——

「不要動！」

這次她壓低了聲音攔阻，把我按在板牆上。空間本來就小，這下子我們更是貼成了一團。背部是堅硬的牆壁觸感，前方是彌生的身體觸感，耳邊聽著她的喘息聲，我把意識集中在周圍的黑暗，免得想歪到別的地方去。我想像大蜘蛛爬過肩膀的景象，靜靜屏住呼吸。

結果，我終於能夠捕捉到某些聲音了。唰啦、唰啦。斷續傳來的，是踩過碎石地的腳步聲。某物拉開一定的間隔，摻雜著有些潮濕的成分，踩著沉重的步伐，正扎實地靠近。發現這件事的瞬間，我總算也理解了彌生的恐懼。

融入黑暗的某物，正逐步朝我們逼近。是野狗、鹿，還是熊那類動物嗎？但這無法解釋剛才的叫聲。那絕對不是動物的叫聲，是更邪惡的、污染聽者心靈的詛咒之聲。

——絕對不是動物。可是，如果不是動物，到底……

尋思之間，腳步聲仍步步近逼。帶著濕氣的腳步聲與其說是一步步踩過來，更像是拖行，已經來到近處了。

「可惡，到底是什……嗚！」

我一出聲，彌生的手立刻伸過來捂住。我反射性地想甩開，但她用更勝過我的蠻力以全身壓制我，靠近到鼻頭都要貼在一起了。在極近的距離微微搖頭的彌生，眼睛睜大到極限，盈滿了淚水，隨時都會奪眶而出。她的雙眼布滿了血絲，像壞掉的娃娃般不住搖頭。

掉落在地上的手電筒燈光，在黑暗中照射出她驚恐的表情。

很快地，逐步靠近的腳步聲在我倆近旁停下來了。我避免弄出聲響，悄悄地把手伸向手電筒，但一樣被彌生阻止了。她用力搖頭，用眼神拚命叫我別動。我慢慢地把手縮了回來。因爲蹲在地板底下，視野大部分被遮蔽，無法看到全貌，但我確實感受到，令人不敢直視的凶惡某物就在近旁。只要稍微製造出一點聲響，我們馬上就會被抓到。

萬一被抓到，會有什麼下場……？

無法想像的恐懼重壓著我，感覺幾乎快瘋了。因爲看不見，更讓人強烈地好奇那個人影究竟是誰？是什麼模樣？但我實在不敢探出身體確認對方的形姿。

如果探頭看了，對方竟不是人類的話……？

如果看到了什麼不該看的東西的話……？

在這樣的恐懼煎熬中，我抬起低垂的目光。一片漆黑當中，手電筒微弱的燈光照射出來的，是骯髒的和服裙襬下露出的白皙的腳。

視野捕捉到這一幕的瞬間，強烈的惡臭撲鼻而來。面對應該是眼前的人影散發出來的中人欲嘔的惡臭，我眼眶泛淚，用手摀住了嘴巴。

一隻腳穿著像是被污泥弄髒的布襪，但另一腳是赤裸的。讓人感覺不到生氣的蒼白皮膚處處皴裂，滲出血水。

顯然太不尋常了。

我真的快不行了。這個狀況要是再多持續一秒，我可能已經瘋狂哭號，不顧一切，丟下彌生拔腿就逃了。之所以沒有這麼做，是因爲眼前的人影又再度發出那道怪叫了。

我和彌生反射性地摀住耳朵，但是在不到數公尺的極近距離、毫不留情地爆出來的酷烈尖叫硬生生地鑽入耳膜。

——她到底是什麼人？

不可能明白的疑問在腦中穿梭，我想不出明確的答案，只是閉上眼睛蹲了下來，把身體縮得小小的。一段感覺宛如永遠的時間經過，就像開始的時候一樣唐突，叫聲戛然而止，接著倏然消失，不留半點餘音。

唰啦、唰啦，腳步聲再度響起。我想睜開眼睛確認，但實在不願意再次看到那雙腐爛的腳。大腦彷彿痲痺了一般，無法思考，我在腦袋被掏空的情況下唯一的感受，就只有「幸好沒被抓到」的純粹安心。

唰啦、唰啦、唰啦、唰啦……

腳步聲緩慢地遠離，再也聽不見了，但我和彌生依然留在原地，依偎在一起，顫抖不止。

第三章

1

早餐我只吃了一半就放下筷子。久美見狀，擔心地探頭看我問道：

「沒食欲嗎？」

「沒事，不用擔心。」

「我當然會擔心。今天我也吃不太下嘛。媽眞是的，怎麼搞的呢？一大早就端出這麼油膩的菜色。」

久美夾起留在盤子上的炸鯛魚，瞇起眼睛說：

「好像是昨晚的剩菜，這也未免太偷懶了。眞是的，到底把重要的巫女當成什麼了？」

看似在關心我，其實只是她本人不中意這些菜色吧？我苦笑著安撫久美，把話題帶到別的方向。

「昨天晚上有什麼活動嗎？」

「嗯，好像有客人上門。一個男的跟一個女的，因爲沒有旅館，所以留他們在我們家過夜的樣子。」

「有客人……？」

我忍不住重複。

雖然不想說過世的父親的故鄉壞話，但稻守村絕對不是會有人來觀光或遛達的地方。此地沒有說得出來的名產，也沒有獨一無二的美景，只不過是面積全日本首屈一指的北方大地一隅、一個小不溜丟的鄉間村落罷了。我認爲不可能會有人沒事跑來這種地方，因此更好奇那些「客人」是什麼人、是來做什麼、怎麼會下榻在這裡了。

我提出這些問題。

「我也不清楚，不過好像是來看稻守祭的。搞不好是來採訪報導喔。」

久美很開心，眼睛閃閃發亮，但不可能是電視台採訪。採訪這種偏鄉的古老儀式，有誰要看呢？雖說世上有形形色色的興趣嗜好，但會熱切想要知曉這些事的，只有一些怪人，要不然就是靈異作家而已吧。想到這樣的人跑來遊山玩水，參觀稻守祭，在網路上加油添醋亂寫些東西，就教人不舒服。自己人批評也就罷了，聽到不知情的外人說什麼「根深柢固地留存在現代，因循守舊的村子」，絕對讓人不是滋味。

但就算我一個人爲了這種事生氣也沒用。我不再繼續深思，收拾碗筷。同一時間吃完飯的久美站起來，將兩人份的餐具端出小屋，又折了回來。

分。

我正想準備上午的修行，不經意地抬頭，卻發現久美的表情和剛才截然不同，苦惱萬分。

「怎麼了？久美妳才是，怎麼愁容滿面的？」

「沒事……」

久美含糊地說，下一秒卻突然抬頭，抓住我的雙肩。

「小夜子，現在還來得及改變心意。」

她逼近到鼻尖幾乎相觸的距離說，我忍不住仰起上身。

「久美，妳在說什麼？改變心意，妳是指擔任巫女的事嗎？」

「這還用說嗎？現在的話，我爸媽應該還會答應。雖然不知道爺爺會說什麼，但他只是個老頭子，事到臨頭，要怎麼解決他都行！」

久美不會毫無意義地說家人的壞話，卻突然以緊迫的語氣探出身體說。

「也不能這樣吧。既然都已經答應了，怎麼能半途反悔，說我還是不願意呢？這樣也會給村人造成麻煩。」

「可是不管怎麼想都很奇怪啊。這一切都太強硬了。明明本來是我要當巫女的，但妳一來到村子，就強迫妳來當，不覺得這樣太自私了嗎？」

「這並不是爺爺決定的啊。」

「我當然知道。這根本就是柄干家的蠢大少無理取鬧。」

噘起嘴唇，毫不留情地咒罵的久美實在好笑，我忍不住噗嗤笑出聲來。

「唔，柄干的確從以前就是那樣呢。」

我自己不是很欣賞柄干這個人，忍不住同意久美。

「就算是這樣，都已經是大人了，怎麼能放任他像小時候一樣無理取鬧？這次也是，聽說他就像個三歲小孩似地哭鬧，求我爸讓妳當巫女。」

稻守村的村長柄干耕造的獨子柄干秦輔，年紀和我還有久美差不多。柄干家代代都是稻守村的村長，和主持稻守祭的葦原家有著通家之好。柄干家的繼承人秦輔也因爲母親早逝，在父親百般寵溺下長大。他這個人是出了名的任性傲慢，小時候也就罷了，聽說現在長大了，卻變得加倍蠻橫，以下任村長的身分爲所欲爲。據說許多人被秦輔呼來喝去，敢怒不敢言。

「小夜子妳也知道那傢伙是個怎樣的人吧？這次的事也是，他的目的不單是選妳當巫女而已。他一定是——」

「……我說久美，」

我不待久美說完便打斷，正襟危坐地面對她。

「不管理由是什麼，都不是重點。我會接下巫女這個職務，是爲了這座村子，與柄干說什麼沒有關係。再說……」

「再說……什麼？」

久美擰起眉頭，就像在擔心說到一半打住的我，一雙大眼水汪汪地盯著我。看到久美這副表情，我內心不禁一陣不安。

「……不管是什麼樣的形式，有人需要自己，都很讓人開心，不是嗎？而且在妳的協助下，我好不容易走到這一步了。只剩下兩天，我得好好完成任務才行。」

我刻意發出明朗的聲音，對久美笑道。藉由這麼做，沉澱、黏附在心房內側的陰暗情緒，也慢慢地煙消雲散了。

「就是說呢。一定不會有事的。」

久美再三點頭，就像要說服自己。我也對她露出勉強擠出來的笑容，支持她的說法。

「不好，已經這麼晚了。去進行上午的修行吧。」

打開小屋的紙門，通透的藍天和刺眼的陽光傾灑在庭院。我們在和煦的天氣迎接下，離開了小屋。

2

昨晚那鬼東西到底是什麼？

我吃著端出來的早餐，滿腦子仍被這件事給占據。

「這些菜都是村裡的田地採來的，很新鮮喔。玉米也還有很多，要吃多少都行。你們還年輕，要多吃點啊。」

「好……」

我心不在焉地應聲，秀美甚至沒有察覺我的異狀，也對彌生說了一樣的話，遞出飯盛得像座小山的碗。彌生苦笑著頷首回禮，順著秀美接下第二碗白飯。但她的表情就和我一樣，或是比我更空洞、僵硬。

那個形姿詭異的神祕人影從神社境內離去後，我和彌生眼睛眨都不敢眨一下，仍一直凍結在原地。一段時間後，不知道誰先動了起來，爬出拜殿的地板下，然後我們也沒怎麼交談，就回到屋子了。回到各自的房間，鑽進被窩時，天色都已經開始泛白了。

當然，在這種狀態下，就算閉上眼睛，也不可能睡得著，我在腦中反芻自己遇上了什麼事，懷疑那會不會是一場夢或幻覺，又否定不可能，翻來覆去想個不停。沒多久，秀美過來叫我吃早飯，我再次見到了彌生，但我們都沒有提起那個古怪的東西，也沒有對葦原家的人提到任何事。

就算說出來，不是被說做了噩夢，就是被笑酒喝多了，看到幻覺了吧。而且如果他們這麼說，我實在不認爲自己能夠堅持昨晚的遭遇是眞實發生的事。我們確實聽見了淒厲的尖叫聲，也目睹了可怕的東西，但一想到要告訴別人，頓時就失去了眞實感。就好像直到上一刻都還夢見的景象，一瞬之間從腦中煙消雲散般，奇妙的感受折磨著我。

但用完早飯時，心情也開朗了不少。彌生也和我一樣恢復如常，在她的提議下，我們決定一起去村子裡逛逛。昨天只有開車經過大馬路，我贊同趁此機會，好好地看一看稻守村。而且要是能做點別的事轉移注意力，應該就不會再繼續胡思亂想了。

我們把車留在葦原家，徒步出發。晴朗的晨光刺眼極了，蟬鳴聲四處作響。感覺今天也會很熱。

我和彌生肩並著肩，沿路往南走，看見一家融入林立民宅般的小商店。但可惜鐵捲門關著，似乎沒有營業，但店面有個老太太在打掃，我們向她打招呼。老太太眨著皺巴巴的眼皮回頭，看到我們，納悶地歪頭，隨即吃了一驚似地表情僵住，逃之夭夭地跑向後門了。

「什麼啦，看到鬼似的。」

彌生噘起嘴說，我苦笑著，繼續沿路走下去，來到村子裡唯一一所小學。校地寬闊，校舍也很大，但感覺學生數量不多。

「好懷念。」

「懷念？」

我反問，彌生說：

「我是說學校讓人懷念。就算細節不一樣，學校的外形都大同小異，不是嗎？我覺得學校的氛圍很讓人懷念。」

彌生向我解釋。確實聽她這麼一說，或許眞是如此。這裡是與我完全無關、現在才第一次看到的景象，然而「學校」這個共通之處，卻勾起了兒時的鄉愁。穩重的校門、操場和足球場。掛在斑駁褪色的校舍上的大時鐘。教室和體育館。鞋櫃和飲水區。還有聽到不想再聽的鐘聲。伴隨著這些元素在我的腦中浮現的，是身穿水手服、開朗地笑著的小夜子。回想起她精緻的五官中帶著稚氣的可愛表情，片刻之間，我的心在思慕中搖盪著。

「——咦？兩位是……？」

背後突然有人出聲。回頭一看，一名頭髮半白蓬亂、戴眼鏡的中年男子，和一名大平頭青年就站在附近。

「兩位是倉坂先生和有川小姐，對吧？」

中年男子點頭行禮，面露親人的笑容。對方叫了我的名字，讓我吃了一驚，但彌生回禮說：「啊，你是昨天的……」

聽到這話，我總算想起中年男子是誰了。

「你是……菊野校長，對嗎？」

我沒把握地問，對方眼尾的皺紋擠得更深，點了點頭。

「太好了。昨晚有那麼多村人，兩位居然還記得我，真榮幸。」

說穿了沒什麼，菊野昨晚也參加了葦原家的宴會。

菊野是小學校長，聽說也曾照顧過小時候來村子玩的小夜子。小夜子好像都叫他「老師」，很景仰他。雖然我從以前就對老師這種人沒什麼好印象，卻也自然地對菊野有了好感。他看上去斯文和藹，言詞中也透露出熱心助人的個性。

「怎麼了嗎？你們來這裡有事嗎？」

「也不是，只是來村子散散步……」

彌生暗示我們在打發時間，菊野點點頭說「這樣啊」，調了調眼鏡。接著四下張望了一下，有些自嘲地笑道：

「沒什麼值得一看的東西，你們一定很失望吧。在稻守村裡，這一帶也是特別無聊的地方。」

「不會，空氣很清新，光是像這樣走一走，就讓人神清氣爽。」

而且我已經好幾年沒有接觸到校園這個空間了。只是像這樣在近處看看，就讓人興起懷念之情。

「請問，校長認識小夜子，對吧？」

我問，菊野笑吟吟地回應說「認識」，手心向下，比了比腰部的位置。

「我從她這麼小的時候就認識她了。以前每次放假，她都會來村裡，常和我的學生一起玩。」

菊野語氣懷念地注視著遠方。

「回來後的她眞是女大十八變，嚇到我了。難怪會被選爲擔任巫女這個重責大任。她變得好美呢。」

聽到別人這麼說小夜子，我就像自己被稱讚一樣開心，同時卻也因爲直到現在都還沒辦法親眼目睹小夜子現在的模樣而焦急痛苦。村人都熟悉現在的小夜子，或許我對他們萌生了不小的嫉妒。

「可惡，爲什麼這種小子……」

正當我想著這些，平頭男突然凶狠地曝露出敵意，惡狠狠地瞪我，並憤恨地啐道。露出短袖襯衫的手臂肌肉虯結，如果扭打起來，我一定不堪一擊。

「嘿，剛清，很沒禮貌喔。不可以這樣。」

菊野規勸說，平頭男勉爲其難地罷休了。

「抱歉，他叫隅田剛清，是我以前的學生，他沒有被選上稻守祭的職務，很不甘心，所以情緒有點暴躁。」

「才、才不是，老師你不要亂講，我只是沒辦法接受而已。爲什麼『新郎』不是我？不只是這次，上次也——」

菊野沒讓剛清說到最後，打斷他說：

「這件事已經討論過很多次了。這件事關係到全村，不是你一個人想怎麼樣就能怎麼樣的。」

「這我知道！」

剛清怒吼，我旁邊的彌生肩膀微微一顫。

「可是，比起柄千家的蠢大少跟這小子，我才是最珍惜小夜子的人。除此之外，還需要什麼理由？」

剛清的聲音近乎悲痛地顫抖著，用那雙布滿血絲的三白眼凶神惡煞地瞪著我。不知爲何，他似乎把無處發洩的憤怒矛頭指向了我。

「喂，你從剛才就在發什麼飆啊？說些莫名其妙的話攻擊別人——」

「女人給我閉嘴！我是在跟這小子說話！」

剛清頓時破口大罵，彌生嚇到，不甘不願地沉默了。

「喂，我問你，你對小夜子是怎麼想的？你眞的愛著她嗎？我得聲明，我到現在都還愛著她。打從心底、比任何人都愛！」

剛清驕傲自滿地挺起胸膛，高聲宣布被人聽到可能會懷疑他是神經病的內容。

「我……呃……」

這突如其來的問題讓我不知所措，一時無法回話。不光是因爲被剛清威嚇而已，我實在不願意直接說出我對她的感情。

「……哼，什麼嘛，嚇到連話都說不出來了嗎？孬種。」

剛清單方面地宣告說，就好像受夠了被他嚇到、無法反駁的我，接著朝地面啐了一口，掉頭就走。我目送他拱著肩膀走向校舍的背影，對說不出話的自己厭惡到家。

爲什麼我連一聲都吭不出來？理由很清楚。問題不在於我是不是喜歡小夜子，而是小夜子願不願意接納我。

六年前的那一天，小夜子唐突地從我身邊離去了。此後，我們一次都沒有聯絡過對方。事到如今我才厚著臉皮現身，她會怎麼看我？會像那時候一樣接受我嗎？還是會拒絕我？

一想到小夜子不願意接受我，我就害怕得不得了。

「眞不好意思，雖然剛清那個樣子，但他平常是個好孩子，只是遇到小夜子的事，就會不顧一切。請別跟他計較吧。」

菊野頻頻向我們行禮道歉，追向剛清。兩人的身影消失後，我仍呆呆地看著校舍，忽然感覺旁邊射來扎刺般的視線。轉頭一看，彌生正用幾乎是黏膩的眼神對著我，冷冷地說：

「你這人意外地沒骨氣呢。」

3

離開小學後，我們信步在村子裡閒晃，接近中午時，回到了葦原家。彌生說想上廁所，一看到屋子就拔腿狂奔，留下我跑掉了。我慢吞吞地依著自己的步調爬上坡道，來到葦原家大門時，驀地停下腳步。

大門前停著一輛陌生的車子。是村人來拜訪嗎？可是就像昨晚，如果是村人的話，住家都離這裡不遠，應該不會特地開車。從車牌上的「札幌」二字，也看得出應該不是這一帶的車。

我正尋思著，神社走來兩個人影。兩個都是三十出頭的男子，一個西裝筆挺，另一個穿牛仔褲配格紋襯衫，打扮休閒。兩人服裝互爲對比，反應也是兩個極端。注意到站在葦原家前面的我，西裝男子也只是略略側頭，但牛仔褲男子卻頓時滿臉堆笑，舉起手用力揮舞。

「你好！請問你是這一戶的人嗎？」

男子以親切嘹亮的聲音問。

「不是，我是……」

「啊，不是嗎？那你也是觀光客嗎？難道是那輛車的主人？」

男子指著我的車問，我坦率地點頭。牛仔褲男子恍然大悟似地點了點頭。

「這樣啊。哦，我們開了好幾個小時的車，好不容易來到這裡，卻說這村子沒有旅館，所以我們進退兩難了。」

「哦……」

「你是什麼時候來的？昨天嗎？難道是住在這一戶？」

「是啊……」

我被對方機關槍似的問題嚇到，但仍點了點頭，結果牛仔褲男子拍了一下手，彷彿就在等這個答案。

「這樣啊、這樣啊。哦，其實我們也想在這裡住上幾天。如果你願意的話，可以幫我們跟這戶人家說個情嗎？這房子這麼大，再住上兩個人也還綽綽有餘吧。要不然跟你住同一個房間也可以。」

你可以，我可不行。

「請等一下，你們是……？」

我打斷又要逕自說下去的對方，好不容易插進這個問題。牛仔褲男子怔了一下，隨即發現自己的疏忽，搔了搔後腦：

「啊，失禮了。這是我的名片。」

他用有些裝模作樣的動作遞出名片，接過來一看，上面印刷著「梵天社　『ＭＩＳＴ』編輯部　佐沼佳祐」。

「你是編輯嗎？」

「真要說的話，比較接近文字工作者吧。我們編輯部從企畫、撰稿到編輯，甚至是採訪，都不假他人之手，一條龍作業。」

「哦，這樣啊……」

我附和著饒舌地說著沒人問的事的佐沼，再次望向名片。梵天社這家出版社我沒聽說過，但《ＭＩＳＴ》這本雜誌倒是知道。印象中是靈異題材的雜誌，靈異現象那些不用說，還會介紹幽浮、神祕生物、據說聽到就會被詛咒的怪談、掛在家裡就會招來死亡的畫作、讀到就會遭遇異象的小說等等，追逐流行題材。喜歡的人應該就喜歡，但我對這方面沒什麼興趣，所以也不怎麼關心。

「然後，這位是那那木悠志郎老師，就是那位知名的恐怖作家喔！」

佐沼完全不顧我的想法，揚聲介紹說，同時往旁邊退後一步，以誇張的動作展示西裝男子。那位那那木先生面色青白，表情木然，就像戴了張日本傳統面具。五官清秀，身材也很挺拔，乍看之下，予人的印象是女人會喜歡的白面小生。

「幸會，我是那那木悠志郎。」

對方略帶微笑地頷首道，我忍不住惶恐起來。

「你好……呃……我叫倉坂。」

我也頷首回禮，自我介紹。看到我的反應，那那木那張冷淡且端正的面容微微僵住了。

「……我是那那木悠志郎。」

他以鄭重的語氣再度報上名字。幹麼自我介紹兩次？為什麼要重說兩次名字？我不解其意，怔在當場，結果那那木的表情明顯地罩上了陰霾。

「難道你不認識我？」

他不悅地蹙眉，用甚至感覺得出怒意的聲音確認地問。

「呃，唔，那個，不好意思，我沒聽說過。」

我被對方的狠勁嚇到，忍不住這麼道歉。但那那木的表情凍結，彷彿連我的道歉都聽不進去，兩眼圓睜，面露驚愕的神色。

「不敢相信！居然會有這種事！」

那那木抱住了頭，搖搖晃晃地踉蹌後退。配上那蒼白的臉色，我擔心他是不是因爲貧血之類的，就要當場昏倒了。佐沼不理會狀況外而困惑的我，手掩著口，似在憋笑。

「請問，現在是什麼狀況？」

「還什麼狀況！」

聽到我直白的疑問，那那木突然大叫，緊接著忙碌地翻找外套口袋，掏出一本文庫。

「來，這給你！」

「咦？呃……？」

我一頭霧水地收下對方不悅地朝我的鼻頭遞過來的文庫。一片漆黑的封面上，以淌血般的紅色文字印刷著某些書名，底下就是「那那木悠志郎」幾個字。

「呃，這是……？」

「就像你看到的，這是上個月剛出版的我的新書。其實是希望你去書店買一本的，但現在狀況也不容許，莫可奈何。」

這個作家在說什麼？什麼東西莫可奈何？難不成他想叫我買下來？我摸不透他的眞

心，不知該如何反應，那那木「啊」了一聲，想起什麼似地把書搶了回去。

「本來我是不搞這一套的，但這也算是某種緣分。嗯，完美。」

他從懷裡掏出筆，在第一頁龍飛鳳舞地簽了名，再次把書塞回我的手裡。在糊里糊塗的情況下，我得到了一本我連名字都沒聽過的恐怖作家的簽名新書。

那那木滿足地吁了一口氣，彷彿達成了一項重大任務，唇角甚至浮現微笑。可能是呆在當場的我實在太滑稽，原本在一旁靜觀的佐沼再也忍俊不禁地笑出聲來，悄悄附耳對我說：

「這位作家老師很怪，對吧？看到有人不認識他這位大作家，他好像很受打擊呢。因為不甘心，所以把隨身攜帶的著作硬塞給別人，要人家認識一下。來到這裡的路上，他也對我做了一樣的事。」

佐沼壓低聲音，免得被當事人當見，說著「你看」，從皮包裡取出一本和我剛剛拿到的一樣的書。

「坦白說，我跟老師也是今天第一次見面。那那木悠志郎這個作家，也是第一次聽到。」

「原來是這樣嗎？」

「我得到消息，說這座村子即將舉行二十三年一次的祕祭，所以在附近的城鎮打聽情報，是老師主動接觸我的。我們想說既然目的相同，索性結伴同行。」

佐沼說著「對吧」，使了個眼色，那那木點頭表示同意。

「原來這座村子的祭典那麼稀罕嗎？」

我隨口問道，佐沼頓時露出驚詫的表情，接著以幾乎要蓋過我的問題的氣勢問：

「這麼說來，你是來做什麼的？」

我簡要說明來龍去脈，原本從容不迫的兩人，表情一下子嚴肅起來。

「——原來如此，你的前女友要擔任巫女啊。這下子有趣了。」

佐沼連連點頭，像在咀嚼我的話，接著一臉得意地喃喃說道。面露自信笑容的那張表情，甚至讓人覺得恐怖。至於那那木，他默不作聲，但交抱著手臂，似在沉思。

「看來辛苦來這一趟是值得的。」

佐沼認真地說，而那那木貌似滿意地點點頭。看來兩人都對稻守村有著非比尋常的熱情。說到封閉的村子傳承至今的二十三年一次的祕祭，對於「那個圈子」的人來說，或許不只是稀罕而已，還有著遠超出於此的魅力。

「那，祭典什麼時候要舉行？今晚嗎？還是明天？」

「我聽說是兩天後的深夜。白天會先舉行前祭，接著舉行主祭。」

佐沼輕握拳頭，喃喃自語，「好」。

「這表示時間充裕得很。」

他的口吻莫名起勁。我訝異這話是什麼意思，佐沼搔著頭，遮掩地笑了。

「其實除了儀式以外，我來這裡還有別的目的。我想調查一些事。」

接著他又說：

「你好像對儀式不怎麼感興趣？女友要擔任巫女，所以你來參觀嗎？」

我含糊地點點頭，訂正「是前女友」，接著說：

「沒錯，我只是擔心小夜子，所以過來找她而已，對稻守祭本身沒有興趣，只要她平安無事就好了。」

若是能確定她平安，又能看到她扮演巫女的模樣，那就太棒了。

「哦？眞是精神可嘉，這年頭難得一見的專情年輕人呢。」

佐沼調侃地說著，賊賊地笑了。

「可是，如果前女友要擔任巫女，一般不是應該會更好奇詳細內容嗎？」

「確實，我滿好奇儀式是怎麼樣的。不管是來到這麼偏僻的土地，還是參觀像作法的活動，都是我第一次的經驗。」

我坦白說出意見，那那木微微偏頭，手扶下巴說：

「作法？你這樣形容，確實會讓人聯想到罕見而古老的習俗。但這類事物，意外地有很多現在仍根深柢固地留存在我們的生活當中。」

「這樣嗎……？」

我不太明白這話的意思，那那木把手從下巴移開，指著天上說：

「比方說，你知道東北青森縣的睡魔花燈祭嗎？雖然現在成了祭典的一部分，但追溯起源，是在更小的社群當中舉行的一種作法儀式。起源並不確定，但有人說睡魔祭是七夕放水燈的變形，是奈良時代從中國傳來的七夕節慶，和津輕習俗的送精靈活動融爲一體而成。隨著時代演變，燈籠變成人偶，最後變成了扇花燈。在七夕之夜，把花燈視爲污穢放入河川順水流走，進行祓禊活動。人們藉由這麼做，來祈求消災解厄。」

那那木突然長篇大論解說起來，讓我不知所措，但佐沼眼睛發亮地說：

「說到東北，秋田縣的生剝鬼信仰也是這樣呢。那算是妖怪信仰嗎？乍看之下只是在嚇小孩，大人卯起來扮成可怕的鬼，把小孩嚇哭。小孩一定覺得很討厭呢。」

那那木一樣眼神熠熠生輝，用力點頭。

「有個說法認為，生剝鬼的由來是『那莫米剝』，『那莫米』是『火痂』的方言，要是坐在地爐邊取暖太久，手腳就容易低溫燙傷，形成紅痂。手腳有『那莫米』的人，就證明他是個懶人，然後為了懲戒懶人，鬼要把『那莫米』剝掉。這『那莫米剝』的讀音逐漸變化，成了『那馬剝』，也就是『生剝』。生剝鬼會帶著菜刀和桶子，被認為是用菜刀割下『那莫米』，放進桶子裡帶走。」

「不過在懲戒這樣的懶人同時，生剝鬼也被認為會帶來福氣，因此習俗中，家人會盛裝迎接生剝鬼，款待酒菜，再恭敬地送客。但現在單純嚇唬小孩，讓小孩乖乖聽話的功能變得更強。我認為原因之一，是了解原本的歷史和由來的人愈來愈少了。」

聽著兩人的對話，我只能張口結舌。一方面也是因為我從以前就對歷史和民間故事那些不感興趣，而且可以說完全沒有機會接觸這類事物。應該說，世上絕大多數的人都對這種事沒興趣吧？

眼前的兩人進行的古怪對話，感覺就像陌生的外國話，有聽沒有懂。

「至於其他，有水神信仰的土地，經常有『水神』等於『龍』的觀念。水神有時帶來恩惠，有時化身狂暴的災害襲來，就宛如傳說中的龍一般，令人畏懼。」那那木說。

「神話中被素戔嗚尊消滅的八岐大蛇也是，追根究柢，就是把分岔成許多條的巨河模擬爲龍的外形，這樣的解釋很有名呢。」佐沼說。

他們到底要聊到哪裡去？兩人撇下不安的我，愈聊愈起勁。什麼生剝鬼、水神，冒出許多雖然聽過，但一般人絕對不熟悉的名詞，就算努力專注聆聽，試圖跟上，也只是讓自己愈聽愈混亂。

後來兩人又整整討論了二十分鐘左右，似乎終於發現我被晾在一旁。那那木有些尷尬地清了清喉嚨。

「總之，全國各地，根植於每一塊土地或地區的獨特信仰，多如牛毛，有許多到現在依然不爲人知。稻守村這裡的儀式，也是其中之一。即使是你我這些外人眼中極爲詭異的風俗習慣，對於這個村子的人來說，儀式不僅不是可疑的作法，更是扎根於生活的習慣之一，是重要的活動。」

那那木下了這樣的結論。接著他輕吁了一口氣，有些自豪地挺胸道：

「原本我的畢生志業就是蒐集怪異傳說，但我從某個管道得知與這個村子的儀式相關的消息，大感興趣。」

我看向手中的書。這個作家那那木來到這裡，目的是把這些習俗放進自己的作品當中嗎？我這麼想，抬頭一看，只見那那木用力點頭，就像看透了我的想法。

「沒錯，就像你想得那樣。我蒐集各種怪談，就是爲了當成創作的材料。我親身接觸散布在全國各地，現在仍會帶來災禍的怪異事物，體驗它的恐怖。透過這麼做，我能夠描寫受到恐怖異象操弄的人類罪業。」

「喔……」

話題又往複雜的方向偏離了。而且可能是因爲關係到自己的作品，感覺比剛才更要熱情許多。

「你很不幸，沒有讀過我的作品，但聽到我剛才的話，一定強烈地被勾起了興趣。我把親身經歷的怪異事物融入創作當中，這件事基本上是非公開的。讀者認爲我的作品單純就只是創作。所以能夠在旅行的地點遇上我，你眞的非常幸運，倉坂。」

那那木狂熱地說著，猛地湊到我前面來，用力揪住我的雙肩，鼻頭也幾乎要碰在一起了。從極近的距離散發出來的可怕壓迫感，讓我甚至忘了呼吸，只是睜大了眼睛。

「所以請務必讀一下我的作品，告訴我感想。當然，愈快愈好。我期待你毫不保留的意見。」

抓住我肩膀的力道更強了。看來我不只是收下這本書，還得讀完它，說出感想才行，而且還必須盡快看完。爲了不被對方看出我的狼狽，我擠出僵硬的客套笑容，這時佐沼想起來似地出聲道：

「不過光看神社，眞的完全看不出這座村子祭拜的是什麼。」

那那木聞言也跟著回望背後，注視著矗立在坡道前方的鳥居。

「既然位於山間，祭拜的應該就是這座森林或山岳本身，但看不出這樣的跡象。那座神社令人費解。」

令人費解？什麼意思？那那木意味深遠的發言勾起我的好奇，我忍不住追問，他略顯沉思地歪起頭，以疑惑的語氣說：

「那座神社少了應該要有的東西。」

「應該要有的東西？」

「『御神體』啊。」

御神體。這陌生的詞彙具體上是指什麼樣的東西、是什麼形體，我完全不清楚，但隱約感覺那是在儀式中使用的神聖之物。神社裡並未祭祀這個關鍵之物，似乎讓那那木感到疑問。

「御神體有許多種類，形態也五花八門，有神木、神石、神刀等等，可以說沒有明確的規則。因爲甚至有些神社祭祀著河童木乃伊或人魚木乃伊。可是沒有御神體……」

「八成是為了準備祭典而請出去了吧。」

佐沼插嘴回應那那木的疑問，那那木以目光表示同意。

「既然不清楚主祭的內容是什麼，也無法再更進一步推論。」

「至少要是知道祭神是誰就好了。」

佐沼轉向我，就像在問我是否有頭緒。他的表情並不期待，但我說出當下想到的事。

「這麼說來……葦原家的老爺爺說過，村人把二十三年一次的主祭稱為『泣女大人的儀式』。」

「泣女大人……？」

那那木訝異地複述。

「我完全不知道御神體是怎樣的東西，但既然儀式被村人這麼稱呼，那麼神社裡祭祀的，會不會就是那個泣女大人？」

對他們來說，這個名稱似乎是個重大斬獲。一聽到我這麼說，兩人便同時眼睛發亮。

「那，立刻去向村子裡的人打聽這位『泣女大人』的事吧，好嗎，老師？」

佐沼熱切地提議，那那木也同意。

「啊，不小心聊太久了。不好意思啊，倉坂。」

佐沼敷衍地道歉說，熟絡地拍了拍我的肩膀，揮了揮手，接著和那那木颯爽地往村子走去，但走沒幾步，又「啊」了一聲停步，厚臉皮地說：

「對了，你可以幫我們拜託這戶人家，讓我們住個幾晚嗎？」

「呃……好。」

「太好了，再見。」

佐沼輕揮了一下手，再次往前走。我呆呆目送兩人的背影逐漸遠離，正爲了總算脫身而安心，忽然有人拍了我的肩膀。

「倉坂，你怎麼了？你在這裡做什麼？」

回頭一看，彌生正一臉訝異地看著我。是奇怪我怎麼都沒回去屋子裡，跑來查看情況吧。

「抱歉，我在跟人說話。」

「人……？」

彌生歪起頭，俯視坡道下方。她看到兩名男子遠離的背影，驚訝地皺眉。

「他們是誰？」

「說是雜誌編輯和恐怖作家。喏，妳看。」

我舉起手上的書——那那木悠志郎的新書，還有佐沼的名片。彌生沒什麼興趣地瞥了一眼，不出所料，很快就別開了目光。

「編輯和作家？他們跑來這裡做什麼？」

「跟我們一樣，說是要來參觀儀式的。這座村子的儀式意外有名嗎？」

我輕笑著看向彌生，登時嚇了一跳。因爲她露出一反常態的嚴厲表情，筆直地瞪著什麼。

她的視線前方，就只有佐沼和那那木。

「有川，妳怎麼了？」

即使我問，彌生也好陣子都沒有反應。目不轉睛地瞪著兩人背影的側臉，彷彿散發出某種強烈的感情，我忍不住倒抽了一口氣。

「——沒事。喏，快點進屋子吧。午飯已經準備好了。」

彌生以有些缺乏感情的表情這麼說，回身就走。

我追上她走掉的背影說：

「他們找不到住宿的地方，說想住在這裡，應該去找秀美姑姑商量嗎？感覺還有多的房間，她應該會答應吧。」

我才剛問完，彌生倏地停下腳步，慢慢地回過頭來，那張臉上再次露骨地浮現強烈的不悅。

「……是喔？應該可以吧？」

彌生意興闌珊地丟下這句話，進去屋子裡了。被留在玄關口的我只是滿頭問號。我說了什麼不對的話，惹她不高興了嗎？但不管怎麼想，都想不出我錯在哪裡。因爲不明白，所以更是耿耿於懷。

「到底是怎樣……？」

4

這天晚餐，加入了新來的佐沼和那那木兩個人。

兩人可能餓得很厲害，把秀美端出來的餐點逐一掃光，在勸酒之下喝了不少。葦原家的人表面上也和昨天對我們的態度一樣，沒有任何不悅的神情，歡迎兩人，卻唯有一人——彌生，從頭到尾默不作聲。那與昨晚截然不同、不假辭色的冷硬態度，不只是我，感覺連秀美和達久都對她小心翼翼。

她的怒氣，顯然是針對佐沼和那那木。兩人自我介紹的時候，甚至連拋出話題的時候，彌生都擺出臭臉，撇頭噘嘴，連一句話都不肯跟他們說。佐沼敏感地察覺她的態度，不明所以，顯得不知所措，但那那木似乎完全沒放在心上，心情愉悅地低啜著日本酒。

話說回來，彌生怎麼會不高興成這樣？她應該不怕生，也不像他們對她做了什麼討厭的事。再說，他們和彌生根本沒說到半句話，彌生卻單方面地表現出嫌惡與排斥，到底是爲什麼？先前不管是對任何人，她都能友善相處，爲何只針對這兩人擺出如此頑固拒絕的態度？我實在不懂。

我找不到機會明確地問她理由，幾次試著提出無傷大雅的話題，結果這次連我都被她冷冷地狠瞪了。搞成這樣，我已無計可施，只得說服自己，別再多事，隨她去吧。

我想得很輕鬆，期待等她喝醉了，或許就會恢復如常，聆聽佐沼他們的談話內容。

「不過這村子好安靜，空氣也很清新，是個非常適合創作的地點呢，那那木老師。」

「我也這麼認爲。這裡與都市的喧囂絕緣，環境很棒。感覺也不必爲了與鄰居的糾紛而煩惱，只要打造出適當的環境，或許可以考慮搬過來。」

原來如此，看來他和現在的鄰居相處得不好。

「哎呀，這裡是個無趣的鄉下地方，但聽到有名的作家老師這麼說，眞是光榮。對吧，爸爸？」

啜飲著日本酒的辰吉只是悶應了一聲「嗯」。

「這地方這麼好，應該要大力宣傳，吸引更多觀光人潮，不是比較好嗎？可以振興村子，招攬更多觀光客。」

佐沼興致高昂地探出上身說。然而秀美卻面露難色。

「觀光客喔……太過熱鬧也不是那麼好呢。」

「哦，不用擔心。可以和附近城鎮的觀光事業合作，派遣接送巴士，或安排住宿，這樣村裡就不用費事了。也不是說要蓋什麼俗氣的主題樂園，只是讓人流進來，促進經濟消費。這裡也有宏偉的神社，香客愈多愈好吧？如果你們有意願，我可以介紹不錯的旅行社。」

「咦，眞的嗎？欸，爸，這樣聽起來，好像也不錯？跟柄千村長討論看看怎麼樣？」

「唔嗯……」

辰吉又只是漫應，表情有些心不在焉，沒怎麼認眞在聽。佐沼受到鼓舞，身體更往前探，加上比手畫腳，繼續說道：

「或許也可以請藝人過來，舉辦活動。要不然節慶活動那些或許也不錯，一定可以引發矚目。」

「咦，藝人嗎？我倒是比較想請韓星。老公，你覺得呢？」

「唔……這個嘛……」

相較於不怎麼起勁的丈夫和父親，秀美面頰潮紅，感覺似乎頗爲心動。雖然我刻意沒有插口，但站在外人的立場，也覺得男人的反應比較正常。佐沼說什麼活動、節慶，暢所欲言，但不管怎麼想，根本就沒必要挑在這樣的深山鄉間村落舉辦，感覺毫無實現的可能性。再說，地方創生這種需要人力與資金的事，不是那麼簡單就能做到的。最大的阻礙是，這座村子的交通太不方便了。明明稍微一想就明白了，佐沼怎麼會提這種事？

他接下來的話解答了這個疑問。

「對了。可以順便把『泣女大人的儀式』當成噱頭來宣傳。不要那麼小家子氣，什麼二十三年才辦一次，乾脆每年都辦不是很好嗎？當然，要把它當成地方創生的重頭戲。」

佐沼話聲剛落，秀美臉上的笑容倏然消失，一旁的達久表情凍結，彷彿見鬼了一樣。

「你、你說的這是什麼話……」

秀美的聲音有些沙啞。她求助地看向丈夫，但達久也一樣瞠目結舌。只有辰吉一個人以鎮定的表情瞅著佐沼。

「應該把村子的風俗和傳統更進一步公開，廣爲宣傳。只要有許多人來參觀祭典，村裡的神社香火就會更加鼎盛，不是也會更靈驗嗎？」

佐沼滿不在乎地大放厥詞。下一秒「咚！」的一聲，傳出用拳頭敲桌的聲響。

「外人不許隨便胡說！」

辰吉低吼一聲，隨即嘆了一口氣，凌厲地注視著佐沼。

「啊，抱歉。不許隨便胡說的，是儀式嗎？還是泣女大人？」

佐沼絲毫沒有被辰吉的怒氣嚇到，反而用甚至可以解讀爲挑釁的語氣回道。感覺每當他說到「泣女大人」這個詞，現場的氣氛就更緊張一分。就彷彿他這個外人提起這個名字，是一個禁忌。

原來佐沼一直說什麼地方創生，是爲了帶到這個話題。是覺得劈頭就提儀式過於露骨，還是想要順著話題自然地提到，好讓葦原家的人開口？

不管怎麼樣，如同佐沼的計畫，場子的氣氛爲之驟變，彌漫著一股詭異的氛圍，讓葦原家的人也無法無視他的話。

「其實，過來這裡之前，我四處向村人打聽過了。每一個村人都很親切友善，然而我一提到『泣女大人』，他們便不知爲何立刻閉上嘴巴。這麼露骨地躲避村子的神明的話題，不是很奇怪嗎？」

「那是——」

秀美反射性地想要開口，卻好像想不到要怎麼說，再次沉默了，佐沼瞥了她一眼，繼續道：

「今年的稻守村要舉行儀式，這件事沒有人否定，感覺每個人都很期待這二十三年一次的盛會。像年輕人，他們是第一次看到儀式，所以都說很期待，然而卻沒有人提到最重要的內容。我問儀式內容是什麼，也沒有人願意回答我。」

佐沼望向葦原家的眾人，目不轉睛地睨視著他們，就彷彿絕不放過他們表現出來的任何一絲感情變化或動搖。

「這實在令人費解。這泣女大人到底是什麼呢？」

「跟外人無關。」

辰吉當下反駁，聲音果決，卻也微微顫抖著。我聽不出那是源自於怒意，或是其他更不同的感情。

原本一直沉默的那那木低聲說：

「神社那裡我也去看過了，拜殿是空的，也看不到應該安置著御神體的本殿。神社裡面居然沒有御神體，這實在相當罕見。」

「你、你們居然擅闖神社？」

達久失聲喊道。他兩眼暴睜，漲紅了臉，佐沼大方地舉起雙手，出聲安撫：

「只是瞄了一下而已，別氣成那樣。」

然而佐沼的話只是火上加油。達久全身哆嗦，一副隨時都要撲上去抓住對方的樣子，秀美拚命攔著他。在一觸即發的狀況中，那那木以他一貫的平靜聲色接著說下去：

「據說村裡傳說，這座山過去居住著神聖的神靈。因此我想像葦原神社祭祀的是山神之類，卻沒有任何村人明確地這麼肯定。取而代之，泣女大人這個名號，每個人聽到都畏懼不已。」

那那木隔了一拍呼吸，不帶感情地望向辰吉。辰吉也沒有別開目光，迎視著他的視線。

「看來葦原神社祭祀的就是泣女大人，這一點不會錯。每個人都知道，神社是祭祀某些神靈的地方。自古以來，日本就有八百萬神明，全國各地的神社祭祀的就是這些神祇。但信仰的對象，不一定從一開始就是神明。比方說，日光東照宮的東照大權現就是神格化之後的德川家康，京都的建勳神社祭祀的是織田信長，同樣在京都的豐國神社，祭祀的則是豐臣秀吉（註一）。

「此外，不只是人，京都的御劒社的雷石、群馬縣榛名神社的御姿石等等，就是神格化的岩石。和歌山縣的飛瀧神社，祭祀的是日本第一大瀑布『那智瀑布』。富士山山腳的本宮淺間大社，則是祭祀神格化的富士山。就像這些例子，日本自古以來，就會將大自然本身視爲神明祭祀。不僅如此，森羅萬象都能神格化，像陰莖、女性的乳房、鐵軌、菇類、頭髮，甚至是空氣。其中也有不少讓人懷疑是不是在開玩笑，但它們會被神格化，都有著明確的過程，並且被人們心懷敬畏地崇拜。」

那那木喋喋不休地說了一大串，停頓了一下換氣，把攤開的雙手按在自己的胸口一帶。

「我將蒐集怪異傳說視爲畢生職志，在能力所及的範圍內，看遍了全國各地每個角落這類由來的御神體，因此自信具備一定程度的知識，然而我卻完全摸不透這泣女大人的眞面目。不管是祂的由來、發祥經過，甚至是漢字該怎麼寫，都毫無頭緒（註二）。」

雖然聽著那那木的話，辰吉卻一逕緘默，不發一語。就彷彿害怕說出回答。

「但若要發揮想像力，我想到的是，在把大自然視爲神明祭祀時，多半都與當地獨特的災害密切相關。在海邊的鄉鎮，因爲害怕大海嘯，所以祭祀海神，害怕河川氾濫，所以祭祀水神，害怕土石流或雪崩，所以祭祀山神。對於人類無法應付的威脅，人會獻上祭品，或以活人獻祭，以平息神明的憤怒，獲得安寧。這樣的風俗並不少見。我猜測這泣女大人，也具備近似這些的性質——」

「你夠了沒！那不是你們想像的那種東西！」

辰吉忍無可忍地暴喝一聲，拱著嶙峋的肩膀站了起來。布滿血絲的眼睛瞪得老大，嘴唇微微顫抖著。剛見面時那種慈眉善目老爺爺的印象消失無蹤，判若兩人。面對辰吉可怕的氣勢，席上所有的人都噤聲了。就連先前膽大包天地衝鋒陷陣的佐沼，現在也傻在那裡，啞然無語。

只有那那木一個人不為所動，甚至是探出上身，望著辰吉。他的眼睛散發出幾近異常的執著。

「那麼，可以請您告訴我嗎？泣女大人是什麼？你們即將要舉行的儀式，到底是什麼樣的內容——」

那那木不自然地打住了話，將視線移向秀美和達久，接著再次定在辰吉身上，以肅穆

註一：德川家康、織田信長及豐臣秀吉，皆為戰國時代的武將。
註二：日文中，「泣女大人」是以片假名「ナキメサマ」（Nakime Sama）標示。

的語氣問道：

「──你們在祭祀的，到底是『什麼』？」

這句話之後，場子再度被沉默籠罩。沒有人出聲，個個皺起眉頭，如坐針氈。辰吉光滑的額頭冒著汗珠，嘴唇緊抿，秀美和達久也只是頻頻窺望一家之主的臉色，不敢作聲。

感覺無比漫長的無聲之後，辰吉重重地嘆了一口氣，總算開口了：

「我說過很多次了，這和外人無關。如果你們覺得我們要舉行的儀式是什麼不三不四的東西，你們現在就可以回去。」

辰吉堅持他拒絕說明的態度，頭也不回地離開大和室了。秀美驚慌失措地目送家長的背影，達久有些自暴自棄地喝起日本酒。緊繃的氣氛終於鬆弛下來，我憋了許久，總算深深地吁出一口氣，卸下緊張。

泣女大人到底是什麼，沒有人提到詳情，得不到答案。疑問懸在半空中，讓人很不舒服，然而我卻因爲忽然浮現心頭的疑問，暗自倒抽了一口氣。

被濃密的漆黑所支配的神社境內。在那裡聽到的那些詭異的叫聲。彷彿來自另一個世界、充滿了駭人惡意的尖叫。

──如果「它」就是泣女大人的話？

在我的腦中，泣女大人與黑暗中窺見的、穿著沾滿泥巴的布襪的詭異存在重疊在一起。那個顯然有別於守護神、帶來保佑的神明，甚至令人不敢直視的邪惡「某物」。

——難不成那就是……不，不可能。絕對不可能。

我無意識地摀住嘴巴，拚命克制湧上心頭的噁心感。彌生發現我不對勁，問我「還好嗎」？但我全副心神都在對抗浮現腦中的猜測，沒有餘裕去回應她的問話。

——祭祀「那種東西」？太扯了，不可能。那不可能是泣女大人……

我緩緩地抬起目光，轉向一旁的彌生。我注視著表情驚訝僵硬的她，在內心發問：

——這座村子到底祭祀著「什麼」……？

第四章

1

把晚飯餐具端出去又回來的久美露骨地不高興，唉聲嘆氣。

「怎麼了？」

「沒事啦，聽說那邊今天晚上又要開宴會。就愛找理由喝酒。我爸跟爺爺眞是嗜酒如命。」

氣呼呼地鼓著腮幫子的久美實在可愛，我忍不住笑了出來。

「有客人來，沒辦法嘛。而且應該是在擔心主祭的事，心浮氣躁吧。」

「或許是啦……」

久美難以接受地噘起嘴，拍動在榻榻米上伸直的兩隻腳。

「哎，要是這樣的話，別說二十三年一次，索性五十年辦一次就好了。那樣的話，就不必被扯進這麼麻煩的事了。」

久美懶散地說著，雙手在後腦交握，仰躺下來。和服裙襬掀開來，露出白皙的大腿。

「久美，淑女一點啦。」

「有什麼關係，這裡只有妳跟我嘛。再說，叫人穿一整天的和服，這太奇怪了。至少睡覺的時候，讓人穿自己想穿的衣服嘛。」

久美才二十出頭，性情相當自由奔放。

久美從小就是個野丫頭，個性好強，就算跟附近的男生吵架，也絕對不會先哭。她會變成這樣的個性，與葦原家代代流傳下來的家規，以及必須繼承神社的壓力，應該有著莫大的關係。祖父和父親應該也不只一兩次對她說「如果妳是男生就好了」，害她難過。我覺得像這樣成長的久美，會對家裡多所埋怨，也是難怪。對她來說，這個家的傳統和規矩，完全就只是枷鎖，對於祭典和儀式，別說崇敬了，或許甚至心懷抗拒。

所以我必須盡好自己的責任。無法繼承神社的我，唯一能爲久美和葦原家做的事，就只有擔任巫女一職而已。

「小夜子。」

久美躺著變換方向，仰望著我的表情一反常態，陰鬱無比。

「我上次說的……」

「妳說不當巫女的事嗎？」

「嗯。」久美輕點了一下頭，不安地垂下目光，「我偷聽到我媽她們在聊，說柄千家的蠢大少好像叫他們在稻守祭結束後，也要把妳留在村子裡。」

「咦！」

我忍不住驚呼。可能是看到我的反應，久美猛地坐起來。

「很奇怪，對吧？因爲那儀式完全就只是形式性的東西，並不是眞的要怎麼樣，對吧？」

「我聽說以前眞的是那樣，但那已經是幾十年前的事了……」

「都什麼時代了，那太迂腐了，而且那樣不是完全不顧當事人的意願嗎？」

可能是愈說愈激動，久美就像自己的事一樣憤慨。當然，我也是同樣的感受。柄千秦輔的要求完全是一廂情願，太自私了。

「小夜子，妳沒有留下來的意思吧？稻守祭結束後，就要離開村子，對吧？」

「我當然是這個打算……」

回應的聲音不禁變得微弱。說眞心話，我想要斬釘截鐵地拒絕，祖父和姑姑、姑丈的臉卻浮現腦海。畢竟對方是村中第一大望族，以村長的身分代代統治這個村子的家族。他們和葦原家共同主持祭典，兩家之間交情匪淺。若是拒絕對方的要求，就形同棄兩家的情誼不顧。

「爺爺會怎麼說……？」

「跟爺爺沒關係，妳的想法才是最重要的吧？還是妳想跟那傢伙在一起，留在這座村子？」

「我當然不想，可是我也沒有其他地方可以回去。」

我忍不住軟弱地說，瞬間久美橫眉豎目起來。

「小夜子，妳怎麼能說這種話？如果妳不明確地拒絕，他們又會強硬地蠻幹到底喔。」

「嗯，我知道，可是……」

我依然無力地笑，久美有些傻眼地說：

「妳不是還喜歡他嗎？」

「——咦？」

「是叫倉坂嗎？妳不是還忘不了妳的前男友嗎？」

我一時想不到要如何回話，嘴巴像金魚似地一張一合。聽說人被說中心事時，會說不出話來，看來是真的。

「既然如此，妳得回去才行啊。不能一直留在這種村子裡。」

「可是我們失聯很久了……」

「再聯絡就好了啊。我不是說過很多次嗎？人的感情是會變的，就算分手的時候鬧得很僵，有時候隨著時間過去，又能恢復成原本的關係啊。」

久美一把抓住我的手臂搖晃。她堅強的力道隔著和服傳來，自然地鼓舞了我，情緒不由自主地高漲起來。

倉坂尙人。只是腦中浮現這個名字，心頭就能如此溫暖洋溢。分手後都已經過了六年，我對他的愛意卻沒有絲毫褪色。爲了治癒分手的情傷，我和幾個人交往過，但都持續不了多久。不管和什麼樣的人在一起，我心裡面想到的總是尙人的臉。

我好幾次想要聯絡他，而且只要我想，一定聯絡得上。但我太軟弱了，不敢付諸實行。我掩蓋自己的心情，不斷地欺騙自己。就這樣，我自以爲遺忘了，但來到這座村子，擔任巫女的職務後，在每天潔淨身心冥想的過程中，我發現自己對尙人的渴望從未消失。我對他的思戀與日俱增。

——好想再見尙人一面。

現在這一刻，這樣的感情仍不斷地泉湧而出，從內在深處強烈地撼動著我的心。

「我……」

我低喃，卻接不下去。我緊緊地握住按在胸口的手，抬起目光，和久美注視我的眼神交會了。久美洞悉一切地微笑，抓住我的手，溫柔地包裹住。在這棟小屋朝夕共處，我們現在已經能敏感地察覺彼此的想法了。說起來，我能重新確認自己對尙人的感情，也都要歸功於久美。

——久美，謝謝妳。

我刻意沒有說出口，而是在心中呢喃。

「一定會順利的。因爲妳會跟妳男友分手，都是因爲一場可悲的誤會吧？」

「幹麼突然提這個？」

「有什麼關係，告訴我嘛。」

久美用力甩動我的手，像小孩子撒嬌般說。

「這件事我應該已經說過了啊。又不是什麼愉快的事，不值得一提再提。」

「沒關係啦，跟我說嘛。我記得是有個跟蹤狂糾纏妳對吧？名字叫……叫什麼來著？」

久美吐舌問，我對著她苦笑，輕嘆了一口氣。

「狹間征次，是我高中同班同學。一年級的時候我們同班，但我跟他也不熟。」

說出口之後，我後悔想起了這個討厭的名字。胸中冒出黑濁的霧氣，一眨眼便擴散開來，就彷彿一滴黑色的墨水落在白色床單上。

「都是他，害倉坂誤會了妳呢。」

「嗯，他一定以為我跟狹間之間有什麼，我一次又一次澄清說沒有，但最後他還是不肯相信我。」

我在無意識之間緊緊地咬住了下唇。伴隨著破裂的觸感，一陣刺痛，鐵腥味在口中瀰漫開來。

「妳們並不是因為討厭彼此，而是因為誤會而分手嗎？因為那個跟蹤狂作梗？」

「算是這樣嗎……？」

我話聲剛落，久美便激動地朝我探過身來，抓住我的雙肩。她用力搖晃我的身體，力道大到令人疑惑她的纖纖玉指哪來這麼大的力氣？

「為什麼？妳們為什麼不好好談開來？」

「我們當然談過了。可是，那個時候我也被搞得精神耗弱……」

「那個跟蹤狂的行為那麼過分嗎？」

我對久美點點頭，才一推開記憶的門扉，當時發生的種種便如洪水般重回腦海。看到的景象、感受到的情緒、疼痛與苦楚，所有的一切紛紛復甦，在腦海中肆虐，強烈的嘔吐感席捲而來。

「小夜子，妳還好嗎？」

在久美攙扶下，我雙手撐在榻榻米上，身體彎折，不住地嗆咳。肚腹深處好似有東西在蠕動，衝上來的胃液讓口中變得酸苦。不知不覺間，淚水奪眶而出。

那個人做的事，讓人打從心底噁心到家。不管丟掉多少次，都會出現在教室置物櫃裡的禮物。從窗外拍攝住家內部的照片。定期寄來的包裹裡，有我應該丟掉的衣服和內衣褲。還有精液——

從此以後，我再也不敢在入夜以後出門了。我開始無時無刻不感到有人在看我。就連關在房間裡、在洗澡的時候，都擺脫不了被人監視的感覺，不管和誰在一起，內心都躁動難安。然而卻又害怕一個人獨處，連日失眠。

我向尚人傾吐，但為了避免把他牽扯進來，我沒辦法將自己遇到的事全部說出來。我不想連累尚人。我希望在不影響他的情況下解決這件事。我無法忍受我倆的時光被那種人破壞。

然而結果我的自私帶來了反效果。

「……抱歉，久美，我不太想去回想那時候的事。」

我嗆咳了一陣，斷斷續續地說。雖然我勉強擠出了笑容，但久美一臉尷尬，不停地說

「對不起、對不起」。

我自以爲已經把那時候的事封印在記憶深處，老早就遺忘了。但是就和心傷不會消失一樣，我認清到那個可惡的傢伙對我做的種種，那些記憶絲毫沒有消失。只是稍微試著想起，被塞進深處的記憶便一擁而上，現在仍在折磨著我。

我再也不想經歷第二次了。再也不要觸碰到那麼可怕的瘋狂感情了。嘴上說著愛我，卻毫不留情地折磨我、逼迫我，把我逼到精神瀕臨崩潰的男人——狹間征次。

只有他，我這輩子再也不想見到，也希望這是我最後一次想起他。和對尙人的感情完全極端，嫌惡從心底深處滾滾湧出，我深深地嘆了一口氣。

「——已經很晚了。差不多該休息了。」

「就、就是說呢。明天晚上，午夜時分就是正式儀式了。想到小屋這裡的生活就快結束了，實在有點寂寞，但我們一起再撐一下吧！」

久美強顏歡笑，打圓場地說完，離開了房間。目送她離去後，我在被窩裡躺了下來。心跳如擂鼓，感覺無法立刻入睡。去吹吹夜風，或許可以冷靜一下心情。如果不設法清除一下塡滿腦袋的可怕記憶，感覺無法勝任明天的祓禊修行。

我悄悄站起來，小心翼翼地打開紙門，離開小屋。

2

在陌生的土地，與陌生的人們交流，是寶貴的經驗。這應該會成爲很棒的人生經驗，也有許多日常生活得不到的刺激。但來到這座村子的第二天晚上，可能是因爲這些經驗太多了，我已感到身心俱疲，招架不住了。

然而不知何故，即使躺上床閉上眼睛，也完全無法入睡。我覺得很睏，全身也沉重無比，甚至光是像這樣躺著，就覺得身體快要沉進墊被裡了，然而不知怎地，就是睡不著覺。

睜開眼睛，熄燈後的室內，僅有射入的月光依稀照出家具等輪廓。看看枕邊的手機，剛過凌晨一點。我不像昨天喝了那麼多酒，也不是吃到太撐。泡過澡了，被子也很鬆軟舒適。應該沒有任何妨礙我安眠的要素，但我怎麼會這麼清醒？又不是遠足前一天興奮到睡不著覺的小朋友。

我納悶地尋思著，改變姿勢換成仰躺，看見窗簾拉開的窗戶，以及前方掛在天際的殘月。周圍沒有星星，深邃的黑色夜空上，只有那彎月亮懸掛在那裡，彷彿被人給遺忘了。

昨晚，我在葦原家的走廊目擊到身穿白色和服、疑似女人的人影。我懷著那可能是小夜子的期待追上去，卻在前往的葦原神社遭遇神祕的某物。

那究竟是什麼？我一有機會就思考這件事，卻沒有任何答案。若要舉出最爲平凡、也最有可能的解答，就是某個村人剛好在那一帶遊蕩吧。據我觀察，村中居民似乎有一半以上都是老人，其中或許也有一些失智了。這樣的人極有可能在深夜溜出家裡，在外遊蕩。考慮到這種情況，在那樣的三更半夜，就算有村人沒帶照明燈具，一個人在無人的神社裡遊蕩，也不是什麼奇怪的事。

倒不如說，除此之外，我想不到其他合理的解釋了。除了這種情形以外，怎麼會有人連鞋子也不穿，在夜裡的神社徘徊？

最詭異的就是那瘋狂的叫聲。光是回想起來——不，光是試圖去回想，本能就會抗拒，那叫聲就是如此駭絕。那道慘叫聲暴力性十足，光是聽到，就讓人感覺彷彿要被五馬分屍一般。如果那眞的是發自人類的口中，那麼那個人到底是懷著什麼樣的意圖、對什麼發出那樣的叫聲？

那絕對不是正常人。腦中浮現髒兮兮的布襪、蠟白的皮膚處處潰爛的腳，我忍不住用力搖頭。我只想設法把當時目睹的景象從腦中驅逐出去。

還有其他令人掛念的事。也就是萬一這座村子祭祀的「泣女大人」，與我們遇到的那詭異的「某物」有關的話……？

如果這座村子供奉的不是山神，而是那可怕的「某物」的話……？

如果村子的儀式，目的是爲了鎭住那個「某物」的話……？

這會不會顚覆我們對「泣女大人的儀式」的認知？

更進一步說，這會不會危及肩負巫女這個重責大任的小夜子？

像這樣一想，我再也按捺不住。索性現在就溜進小屋，確定小夜子的安危如何？然後若是發現儀式有任何一丁點危險，就把她帶離這裡。

想到這裡，我的神智更加清醒，不可能睡得著覺，好陣子之間在被窩上坐立難安。我在房間裡踱蹀徘徊，還高燒夢囈似地呻吟不止。

不曉得就這樣過了多久，一會後，我感覺到尿意，離開去廁所。小解爽快之後，心情也舒暢了不少。一如先前，寂靜無聲的走廊前方，月光下浮現通往小屋的穿廊。

我懷著有些想見識可怕之物的心情靠近那裡，窺看穿廊和庭院，但兩邊都沒有出現昨晚的白衣女子。

那個白色和服的人影眞的是小夜子嗎？翻來覆去總想不出答案的疑問再度浮現，這時我唐突地想到了另一個問題。

昨晚我是追著白衣人影離開屋子的，然而卻沒有發現對方的人影。追著我過來的彌生好像也沒看見這樣的人影，當我們被那個神祕的東西嚇得半死躲起來，以及接下來回到屋子的路上，都沒瞥見半點白衣人影的影子。

是趁我們躲在拜殿地板下的時候，回到屋子了嗎？那麼那個白色和服女子沒看到我們遇到的那東西嗎？就算沒看到，應該也聽到了叫聲。如果當時她嚇得尖叫，或是逃回屋子，我和彌生不可能沒有發現她。因爲從後門到神社就只有一條路，而那神祕的東西應該是從神社正面——鳥居的方向過來的。換句話說，白色和服女子不可能避開我們，回到屋子這裡。

她到底消失到哪裡去了？

或者也可以這樣想：那個白色和服女子，就是出現在我和彌生附近的髒布襪女人。把我引出屋子的那個人影，就是發出詭異的喘息聲、還有讓人遍體生寒的恐怖狂暴叫聲的「某物」……

這麼一想，我再次毛骨悚然。這時一陣風吹來，我渾身哆嗦，匆匆回身就走。我返回來時的路，前往睡房的路上，在與小屋不同的方向，看見從東側走廊盡頭處轉彎離去的白色人影。

「那是……？」

我無意識地喃喃道，發足前奔，在與昨晚相同的陶然誘惑下，跑向走廊另一端。這是恐懼與好奇交織的奇妙感情。或許會遇上可怕的事，但我無法遏止想要一窺究竟的衝動。然而彎過盡頭處，在接續的走廊繼續往左彎時，我驚呼一聲，煞住了腳。即將逼近謎團的亢奮頓時萎頓消散了。

「怎麼搞的……？」

走廊是死路。左右被牆壁阻隔，沒看到任何可以離開的門。剛彎過第二個轉角的地方有道像儲藏室的木門，但門上掛著鎖頭，沒有被打開的樣子。在我衝到這裡的短暫時間內，實在不可能開鎖進入裡面，再說，要是進入室內，就不可能從外面掛上鎖頭了。

我呆杵在原地，再次望向正門牆壁。灰泥牆壁、木板天花板，從上到下任何一處，都沒有異狀，就只是條死路。

「那我剛才看到的是……？」

我的眼睛看到了根本不存在的妄想嗎？或者是真實存在的事物，像煙霧般消失無蹤了？相信哪一邊才符合現實？我完全無從判斷。這種感覺，就是俗話說的被狐狸給迷騙了嗎？我半是驚愕，半是傻眼，愣在原地不動，竟完全沒發現有腳步聲靠近，直到有人在旁邊出聲叫我。

「倉坂……嗎？」

剛一回頭，刺眼的燈光便照上我的臉。是拿著筆型手電筒的佐沼，和依舊一身看了就熱的西裝的那那木。

「這種時間，你跑來這裡做什麼？」

「啊，呃、那個……」

對方也不是逼問，我卻忍不住支吾其詞起來。感覺實在難以井然有序地說明我剛才遇到的事。

「你還好嗎？你的臉色好像很差。」

那那木說，佐沼也精確地陳述意見，「眞的，簡直就像見鬼了。」

「不、不要亂說……」

看到我過度狼狽的反應，兩人面露困惑。我覺得這也是當然的，但總覺得如果說出「我跟著一個人影過來，卻遇到死路，人影消失無蹤」，只會讓他們更困惑而已。

而且，也不能保證我認知到的是現實。我看到的一切都是半夢半醒間的幻覺，這也是極有可能的事。就算坦白說出遭遇，不是被當成怪人，就是被視爲有病的傢伙，保持距離，要不然就是兩邊都是。

「我出來上廁所，走錯回去的路了。喏，這屋子實在太大了。」

「是喔……？」

我自己說著，連自己都覺得這藉口很蠢。也難怪佐沼會有那種訝異的反應。對方直盯著看的眼神讓我芒刺在背，我情急之下話鋒一轉道：

「你們兩個才是，這麼晚了，難道要出門嗎？」

「嗯，被你說中了。」

佐沼乾脆地點頭承認。

「我們想再去神社一趟。白天只是稍微看了一下而已，消化不良。拜殿後面還有個像倉庫的地方，我們想去調查一下那裡。」

我回溯記憶，想起曾在境內看過像是他們說的建築物。

「或許那裡藏著各種東西。就算正常拜託，他們可能也不會讓我們看，情非得已，只好像這樣偷偷來嘍。」

佐沼用食指抵住嘴唇，調皮地笑道。

就像他說的，就算拜託，葦原家的人也不可能答應吧。加上晚餐席上的事，從辰吉的反應來看，他格外提防這兩個人。弄個不好，他們甚至有可能在稻守祭前被趕回去。儘管這麼想，我卻也疑惑這兩個人爲何要如此執著於這座村子的風俗。就算不必在這樣的三更半夜偷溜出去，坐在屋子裡等，再二十四個小時左右，儀式就要開始了啊。

搞不好他們的目的根本不是參觀儀式。他們有某些還沒有說出來的眞正目的，爲了那個目的，想要刺探詳情。然後端看查到什麼，或許想要妨礙儀式。

雖然是我天馬行空的想像，但總覺得這猜想雖不中亦不遠矣。我很想直接問兩人，但也不能無憑無據地指控，最後還是決定沉默。

「可是，這裡規定天亮前不能離開屋子。」

我沒有說出疑問，而是說出秀美的交代。明明昨晚我自己根本不甩禁令，現在卻搬出來說，這讓我內心苦笑。我觀察兩人的反應，結果佐沼和那那木面面相覷。

「咦？是嗎？」

「你說這裡規定，意思是這座村子的規定嗎？」

兩人各別說道。聽到這話，我也納悶起來。兩人的反應絕對不是在裝傻，似乎眞的是第一次聽說。因此我說明秀美昨晚如此交代我和彌生，結果兩人不僅沒有信服，反而更訝異地歪著頭。

「這未免太奇怪了，又不是三歲小孩，怕人走丟了。」

佐沼笑道，就像覺得荒唐。這一點我確實不否認，但另一方面也感到事有蹊蹺。昨晚秀美眞的是嚴肅萬分地對我和彌生交代「晚上不可以外出」，然而爲什麼卻沒有叮囑佐沼和那那木？是以爲我們會跟他們說嗎？或者只是單純忘記交代？若是這樣，就只能說這並非什麼大不了的規定。回想起昨天秀美叮囑我們的態度，絕對不是隨口說說，確實帶有非比尋常的嚴肅。

或許是出於某些理由，只告誡我們，但沒有告訴後來的兩人。若是這樣，我們和他們之間有什麼不同？

佐沼和那那木彼此對望，似乎也想到了和我一樣的問題。就像他們說的，秀美的交代不可理喻。因爲她完全沒有說明最根本的疑問：爲什麼入夜以後就不可以離開屋子？出去有什麼不行？出去了會有什麼後果？她不是應該解釋一下這些問題才對嗎？

「總之我們要出去這件事，你可千萬要保密。」

佐沼似乎沒有想得太嚴重，決定忽視我的忠告。該制止他們，還是該讓他們去？我無從判斷，舉棋不定，佐沼已經爽快地舉手道別，轉身就走。那那木也同樣瞥了我一眼，轉過身去。

「請等一下。」

我追上準備離去的兩人，叫住他們。

佐沼停步回頭，有些裝模作樣地聳了聳肩。

「不好意思喔，就算你攔阻，我們還是要去。放心吧，不會給你添麻煩的。所以拜託囉，什麼都別說，放我們走吧。」

「不是，我也要一起去。」

我果斷地說，瞬間佐沼瞪圓了眼睛，和那那木對望。

兩人尋思片刻，考慮該怎麼做，但意外輕易地答應我同行。

「好吧。不管是要做好事還是壞事，人多總是比較安心。」

就這樣，我們出發進行深夜的探索。

雖然沒有人監視，但還是不好堂而皇之地從玄關離開，我們決定走庭院的後門。我們先去到玄關，拎了各人的鞋子，再從穿廊下去庭園。避人耳目、彎腰駝背地前進，離開後門，來到東西延伸的屋前道路。

「神社在坡道上面，走這邊吧。」

佐沼用手中的筆型手電筒光指向西側的道路。

我們正要邁開步伐時，那道叫聲毫無前兆、唐突地劈裂了空氣。

——嘎啊啊啊啊啊啊！

不知來自何方的聲響，就是那道怪叫。

怪聲彷彿要撕裂夜幕般，以駭人的聲勢響徹四下，鑽過深邃的樹林馳騁而來，撞進我們的耳膜裡。我立刻被那道聲音的魔力、或是悸慄所籠罩，全身僵直。

「這……這是什麼聲音……？」

佐沼的聲音顫抖得令人同情。我則是雙腳瑟瑟抖動，彷彿瘧疾發作一般。唯獨那那木一人保持著平靜——至少在我眼中看起來很平靜——左右掃視著，像是在尋找聲音是從哪個方向傳來的。

就在這時，第二道叫聲響了起來。彷彿用指甲刨抓黑板般的戰慄毫不留情地逼迫上來，光是聽著，我都快嘔吐出來了。完全是來自另一個世界的那道叫聲充滿了邪氣，感覺光是聽見，就不知道折壽了多少年。

我反射性地想要閉上眼睛，摀住耳朵，卻被那聲音伴隨的瘴氣般的事物箍住了全身，完全無法動彈。我好似被看不見的鎖鏈拘束了全身，確信：昨晚來到我和彌生附近的那東西再度現身了。

筆型手電筒從佐沼手中掉落，滾過地面。浮現在幽暗中的他的臉上佈滿了汗珠。那那木以警覺的目光搜視周圍，但似乎同樣無法動彈，沒辦法有更進一步行動。從他眉心緊擰、粗重地喘氣的模樣來看，肯定是正拚命撐住幾乎要被這道叫聲擊垮的精神。

緊接著，近似尖叫的聲音整整持續了約十秒左右，戛然止息。這瞬間，我們就像從禁咒中被解放般，身體恢復自由，也脫離了窒息般的苦悶。

我彎膝蹲下，粗重地吐氣，肩膀上下起伏喘息。要是再聽上更久一點，或許我已經昏過去了。

「這是什麼聲音？到底是怎麼回事？」

佐沼氣急敗壞地說著，以手抹額，然後這才發現自己滿頭大汗，用襯衫擦著手，更形狼狽。

「那邊，走吧。」

那那木步伐有些虛軟地往道路東邊前進。我和佐沼也踩著一樣的腳步跟上去。經過葦原家的土地範圍，再繼續往坡下走，道路前方不遠處有家小商店。在路燈照耀下，那棟建築物僅朦朧地浮現出輪廓，予人的印象就像一處荒廢的廢墟。

「喂，你們看那個。」

佐沼先出聲，但我和那那木早就注意到他發現的異狀了。

似乎是住家兼店面的那棟建築物，掛著「川沿商店」的招牌。入口鐵捲門拉下，店面前方有塊小小的停車位。多虧了路燈和設置在店門口的自動販賣機，不靠筆型手電筒的燈光，也能一清二楚地看見停車位一地濕漉漉。

「那……難道是血……？」

佐沼的聲音再次發顫。我們三人前進的腳步愈來愈沉重。

隨著距離拉近，我看出染濕地面的液體，是噴濺一地的大量鮮血。從那宛如水球破裂般濕亮的血泊處，延伸出某種物體被拖行離開的痕跡。宛如巨大蛞蝓爬行的痕跡延續至店門口，最後我們的視野捕捉到的，是憑靠在鐵捲門上坐著的人影。瞬間，我懷疑是不是就是這個人發出慘叫，但立刻就覺得不是。

「是這家店的兒子。」

那那木開口說。聽到這話，遠遠地觀察坐在地上的人影的佐沼「啊」了一聲。

「沒錯，我們白天跟他說過話，錯不了。可是到底怎麼會……」

佐沼呻吟地打住了話，提心吊膽地靠近坐在地上的胖男人。男子雙手左右伸出，兩腳無力地伸直，以這樣的姿勢坐著，就像個人體模型般一動不動。脖子以上朝右側傾倒，半張的口中流出來的血染濕了T恤衣領。

「好慘……眼睛……兩隻眼睛都被挖掉了！」

佐沼失聲喊道。男子的臉上失去了應該要有的雙眼。像是被硬扯出來的兩顆眼球般物體被隨手扔在不遠處。而且不知道是怎麼做到的，男子的眼窩被撐得異樣地大，雙眼原本所在的空間，形成了兩個巨大窟窿。

到底要怎麼做，才能讓人臉變形成這樣？男子的面孔扭曲的程度，讓人不由自主興起這種模糊的疑問。

「怎麼會這樣……」

我勉強吐出這幾個字，便用雙手摀住了嘴巴，當場跪在地上，差點把胃裡的東西吐出來。我不得不自問：原本好好的一個人，居然會變成這樣？腦中另一個自己大叫「不要看」，另一個自己卻在引誘「看仔細」。我抵擋不了誘惑，將視線移向男子，瞬間後悔莫及。身陷這奇妙的拉扯之中，感覺我的精神隨時都要分崩離析。

雖然任誰來看，都知道沒有必要再次確認，但那那木還是蹲到男子身旁，用手指按壓他的脖子。當然不可能有脈搏，那那木微微搖頭。

「從血跡噴濺的狀況來看，似乎是在馬路那裡遇到攻擊，拚命逃走。身體有多處密集的防禦傷，顯示他似乎拚命抵抗，但還是沒能逃過一劫。大量出血應該也是這個緣故。」

就像那那木說的，男子不只是臉部，全身各處都有出血。原本應該是白色的襯衫變得血跡斑斑。

「他的眼睛……怎麼會……臉居然會變成那樣……」

佐沼已經徹底失去了冷靜，牙關都合不攏了。

「雖然不清楚目的，但從傷痕來看，不像是刀刃或道具造成的。」

「那、那那木老師，你在說什麼啊？那是什麼意思……」

佐沼急促地喘著氣說，卻把後面的話吞下去沉默了。不想問、卻又不由自主要問——佐沼的臉上一清二楚地浮現這樣的糾葛。當然，我也是一樣的心情。

那那木起身回頭，壓抑著聲音，但斬釘截鐵地說：

「是硬把手插進眼窩裡用力扯出眼珠的。他的兩眼就是被如此強大的力道撐開皮膚、撐到臉骨變形，硬挖出雙眼的。」

3

天色尚未完全明亮，主屋那裡就吵吵鬧鬧的，把我吵醒了。

車輪輾過石子地停下的聲音、在玄關大聲嚷嚷的聲音。在走廊來來去去的許多腳步聲川流不息地響起，甚至不時可以聽見有人大聲滔滔不絕的說話聲。

雖然不尋常的氛圍緊迫地傳來，我卻無法離開小屋去看個究竟。祓禊期間與葦原家以外的人接觸，是絕對不允許的事。若是發生這種事，耗費在祓禊的時間將完全白費。爲了避免這種狀況，姑丈和姑姑禁止任何人靠近這棟小屋。

以前姑姑小時候，發生過一次不明究理的客人闖進小屋，見到當時的巫女的事。聽說當時祓禊重新來過，等待下一次的新月。我絕對不想遇到這種事。雖然我想扮演好巫女的角色，但要我繼續被關在這棟小屋一個月，我實在無法忍受。

話雖如此，外頭那樣鬧哄哄的，實在教人擔心。我悄悄打開紙門偷看，只見穿廊另一頭，東西延伸的走廊上有人影來來去去。應該是姑姑和姑丈。到底發生了什麼事？我在不安與焦慮驅使下，整個人貼在紙門上觀望，這時祖父慌慌張張地走了過來。

「久美，久美！」

「怎麼了，爺爺？在吵什麼啊？」

我的房間隔壁，靠近小屋入口的房間紙門打開來，久美探頭出去。我則是把頭縮了回來，默不作聲地偷聽對話。

「不得了……處理……最糟糕的情況……」

祖父的聲音斷斷續續地傳來。祖父原本就沉默寡言，說起話來也小小聲的，含糊不清，很難聽清楚在講什麼。

「不會吧？怎麼會……那接下來要怎麼辦？」

「這件……才要想……總之妳……最先……」

「我知道啦。可是眞的沒問題嗎？主祭要怎麼辦？難不成要中止嗎？」

「不可能中……柄干家那些人也不……聽清楚了嗎？」

祖父加重了語氣，單方面地對似乎仍無法接受的久美宣告。感覺到祖父就要離去的動靜，我猛地打開紙門。

兩人赫然回頭看我。

「爺爺。」

「小夜子……妳……」

祖父尷尬地嘖了一聲。

「出了什麼事？」

「妳不用管。別想些有的沒的，好好專心修行就是了。」

平素溫和的祖父一反常態，以命令的口吻說，讓我有點嚇到了。

「等一下，就算你這麼說，也只會讓小夜子不安啊。這種狀況，是要叫她怎麼修行啦？」

「怎麼連妳都說這種話。我是叫她不用瞎操心。要是胡思亂想，只會讓心裡不平靜，帶來災障。要順利做好巫女的職責，小夜子什麼都不必知道。」

「等一下，什麼災障？會發生什麼危險的事嗎？」

久美逼問祖父，一副要撲上去的氣勢。

「你們不是說不會有危險嗎？所以我才拜託小夜子的。如果心裡不平靜就會怎樣？你們想讓小夜子遇到危險嗎？」

「囉唆，妳閉嘴好好照顧小夜子就是了！其餘的我們會處理！」

那銳厲的恫喝讓久美嚇得肩膀一顫，滿臉驚恐地後退。

「等一下，爺爺！」

我叫住轉身就要離開的祖父，他回頭以尖銳的眼神射向我。

「主祭結束後，我就可以離開村子吧？不管柄千家說什麼，都沒有關係吧？」

瞬間，祖父露出「不妙」的表情，瞥了久美一眼。是妳多嘴的嗎？久美就像要逃避祖父苛責的凶狠眼神，垂下頭去。祖父頻頻哀聲嘆氣，說：

「這次的稻守祭，要求讓妳當巫女的也是柄千家。對方就是這麼中意妳。他們很想要妳，妳應該好好接受人家的好意。」

祖父的口氣幾乎是怒斥。

「怎麼這樣……！」

聽到這出乎意料的話，我整個人呆了。

不，其實我已經某程度猜到了，只是不願相信而已。我希望只是自己多心了。我想要相信祖父——相信自己的親人。可是，現在在我的心中翻攪的，卻是善意遭人輕易踐踏的強烈憤怒。

「妳有什麼不滿嗎？小夜子。對方是柄千家，沒什麼好挑剔的吧？」

「那是爺爺你們覺得好，我才——」

「妳不要那麼自私！」

就算祖父厲聲斥喝，我也不能退縮。

「姑姑和姑丈也是一樣的想法嗎？你們把我賣給柄干家，都滿不在乎嗎？」

「這事已經決定了。既然妳做爲村子的一分子，擔任巫女的角色，當然就要留在村子，永遠住下來。」

「你們這樣才自私吧！我也有我自己的生活，我的工作……」

「這根本不是問題，反正也不是什麼大不了的工作，代替妳的人多的是。」

「太過分了……」

聽到我悲痛的聲音，祖父露骨地擺出臭臉。我不敢相信那是我認識的慈祥的爺爺。我的感受根本無足輕重，重要的只有這個村子、儀式和門戶之間的體面。要是接受這樣的安排，我這輩子再也別想離開這座村子了。

也永遠見不到尚人了。

「還是外面有男人在等妳？」

「……咦？」

我驚愕抬頭。祖父俯視著我，雙眼充滿了猜疑。不管我說什麼，或許他都不會相信。

這麼一想，我不甘心極了，反射性地想到的他的名字都來到了喉邊，卻依舊無法發出聲音。

尙人不可能還在等我。一切都是我的願望。是不管經過多少年都忘不了他的我可悲的痴心妄想。

「……才沒有。」

「小夜子！」

久美抓住我的手搖晃。

「哼，那還有什麼問題？今晚就是主祭了。妳要做好萬全的準備，不要爲別的事分心。」

祖父叮囑後，這次眞的回去主屋了。祖父的身影在穿廊前方盡頭處轉彎消失後，我仍佇立在原地。

「小夜子……」

久美擔心地看我。她似乎有話想說，但我不理她，掉頭回去房間了。

「等一下，小夜——」

我看也不看追上來的久美，反手關上紙門。隔著一道紙門，我聽見久美在另一邊倒抽一口氣的聲音，但她立刻回去自己的房間了。

主屋那裡依舊一片喧嚷，隔著庭園，玄關甚至傳來有人怒吼般的聲音。我用棉被蒙住頭，閉上眼睛，發出了嗚咽。是在爲什麼生氣、爲什麼不甘心而哭泣，連自己都分不清了。

我發出不成聲的吶喊，直到沒氣，接著猛地從被子裡探頭出來，爬行似地伸手。連白色的和服裙襬敞開，底下的襯衣露出來也不在乎，從旁邊的櫃子取出掛著兩個小吉祥物娃娃的鑰匙圈。

那是神情安詳的狗娃娃，一隻耳朵是水藍色，另一隻是粉紅色，成對販賣。水藍色的那隻鍊子斷掉了，所以我勉強把它繫在粉紅色那隻的鍊子上。可能是因爲時日已久，娃娃到處泛黑，逐漸失去了原本的可愛。

任誰來看，這都只是破舊、可悲的狗娃娃，卻是我最珍貴的寶物。不管去到哪裡，都一定會放進包包裡隨身帶著，每當遇到難過的事，或是傷心的時候，就像這樣拿出來看。

奇妙的是，這麼做就能讓我湧出力量。

每個人一定都會想，單純的娃娃不可能有這種力量，但這並非單純的娃娃，是連繫我和尙人的、充滿回憶的寶物，是我們共度的時光的證明，也是如今碩果僅存的愛情象徵。

我們開始交往後，在第一次一起出遊的購物中心，明明也不是要紀念什麼，卻買了這個成對的小東西，因此充滿了回憶。不管它變得有多破舊，我都絕對不可能將它拋棄。

只是像這樣看著它，與尚人的回憶便一樣樣浮現心頭。伴隨著記憶，我將小狗娃娃擁入懷裡。

「尚人……」

不知不覺間，淚水不住地流。

「求求你……救救我……」

4

發現屍體後，我們第一件事就是返回葦原家，達久聽到聲響起來，我們告訴他發生了什麼事。一開始我以爲達久會笑著不當一回事，意外的是，他毫不懷疑我們的說詞，叫醒秀美，要她聯絡村裡的駐在所員警。接著達久帶著我們回到現場，看見老闆娘兒子面目全非的死狀，「嗚」了一聲，但沒有再說什麼，從店鋪後方的倉庫取來塑膠布，輕輕蓋住遺體。這時川沿商店的老闆娘川沿春江被吵醒出來，一聽完我們說明，立刻淒厲地哀嚎，趴在獨子的屍身上。

就在這時，村長柄干浩市帶著幾名村人過來，一個接著一個揭開塑膠布，或看到現場的慘狀，紛紛蹙眉。

我和彌生沒有見過遇害男子，但那那木和佐沼在打聽情報的時候，似乎來過這家商店。據他們問到的資訊，男子名叫川沿聰志，四十四歲，以前在巖美澤市開餐廳，但因爲生意不好，又發現妻子外遇，便趁著離婚收掉餐廳，回到稻守村來。

他的父親早逝，母親一個人經營這家店，原以爲他將來會繼承店面，然而實際上他幾乎不幫忙生意，大白天就開始喝酒，是個只知道坐吃山空的米蟲。

話雖如此，若問他有那麼糟糕，活該被殘忍殺害嗎？我覺得絕對不是。至少對他年邁的老母來說，他應該是唯一的家人。

川沿聰志聽到我們也聽到的那道尖叫聲，覺得奇怪，外出查看，結果慘遭殺害——這是我、那那木還有佐沼的見解，也如此對白頭髮很多、形容憔悴的駐在所警察河村說明。然而不知爲何，河村並未詳細追問那尖叫聲是什麼。一般來說，這種情況應該會追根究柢地詢問有沒有目擊凶手、有沒有看到或聽到可疑事物才對。

而且在這麼小的村子——不，就算是人口再多的大城市，殺人命案都是極爲異常的狀況，然而村人都異樣地平靜。比起命案本身，是我們發現遺體一事，似乎反而更讓他們驚訝。

更教人匪夷所思的是，我們說出聽到那可怕的尖叫聲時，在場沒有一個人質疑那是做夢或是幻聽，卻也不對那聲音的來源表示興趣。就彷彿聲音來源從一開始就用不著討論。不只是我，佐沼和那那木也對這件事感到強烈疑問，滿懷不安，但刻意沒有當場提起。不久後，當天色逐漸泛白的時候，秀美和辰吉，還有彌生都來到現場了。就和其他村人一樣，辰吉也查看了老闆娘兒子的死狀，花了很久的時間和柄干浩市及其他村人討論了某些事。

討論完之後，辰吉過來找我們，居然說不會報警，還說駐在所警察河村也同意這個決定。

「這太離譜了，有人被殺了耶？這當然要報警啊！」

佐沼率先提出異論。我和那那木也都贊成這天經地義的意見。彌生躲在我背後沒出聲，但從她的表情，我看出她大致上也同意。然而沒有半個村人支持佐沼的意見，對我們投以充滿敵意的眼神。

曝露在令人不舒服的氣氛中，我感覺到一陣陰寒。

「什麼意思？這是不折不扣的殺人命案啊！為什麼不報警？」

那那木尖銳地質問。他的目光筆直地瞪著辰吉。

「稻守祭迫在眉睫，不能在這種關鍵時刻讓警察進來村子。因爲萬萬不能讓主祭受到任何影響。」

「比起命案，無聊的村祭更重要？你是說認眞的嗎？」

佐沼氣勢洶洶地厲聲說，辰吉卻完全不理會，單方面結束了對話。比起遭到辰吉無視，佐沼更像是無法接受他們的決定，掏出手機，就要自行報警。

「喂，你做什麼！」

發出怒吼的是昨天我和彌生在小學遇到的壯漢——隅田剛清。他迅雷不及掩耳地抓住佐沼，扭起他的胳臂。

「住手！放開我！」

佐沼的抵抗徒勞無功，手機輕易從他的手中被搶走了。

「這東西我暫時保管了。外人隨便多事，只會給我們添亂。」

「你怎麼可以……」

佐沼按著疼痛的手腕，仍想反抗，但剛清狠瞪一眼，嚇阻了他，接著瞪向我們說：

「你們也是，手機交出來。不交出來我就用搶的，要不然就把你們從村子趕出去。」

語氣咄咄逼人。我心想既然如此，離開村子去報警就好了，卻又想到了小夜子。我不能在這種狀況下沒確認她平安無事就回去。事實上，彌生就乖乖地遞出了手機，那那木雖然滿臉不悅，卻也不情願地聽從了指示。

「喏，快點交出來！」

隨著催促，剛清厚實的手掌伸到我面前。

「還是你想吃過苦頭再被沒收？」

乖乖照做讓我覺得很不甘心，我瞪向對方，結果剛清俯視著我，露出卑鄙的笑臉。他有十足的自信，就算跟我打起來，也絕對不會輸給我吧。

結果我順從地交出了手機。

「哈，窩囊廢。」

剛清啐道，回到村人之間。

「稻守祭照預定舉行。各位，請各自做好準備。」

在辰吉宣布的號令下，村人三三兩兩解散了。川沿聰志的屍身由數人連同塑膠布一同抱起，搬進店內。如果說在稻守祭結束前都不報警，表示從現在開始，屍體會被放置將近整整一天，丟在戶外讓人於心不忍吧。原本在警察到場前，應該都不能移動遺體，然而對於這件事，河村巡查也沒有插嘴。

佐沼和那那木追上達久，繼續抗議。明知事到如今再說什麼，對方都不可能聽進去，但他們還是不得不說吧。

至於我，我尚未從發現川沿的屍體的震驚中恢復過來，也不知道在這種狀況該如何自處，只是呆立在原地。如果能夠，好想立刻鑽進被窩裡，忘掉一切，遁入夢鄉。即使會飽受噩夢折磨，現在的我也只想好好休息。

我想著這些，回望大宅，和近在身旁的彌生對望了。她蒼白不安的表情讓人心痛。

我們不約而同地肩並著肩，走向葦原家。

「呃，妳還好嗎？」

我想不到什麼機靈的安慰，只能這樣關心。

「不知道。怎麼說，感覺跑到了一個好可怕的地方……」

我也有同感。當初的計畫很簡單，我要時隔數年與小夜子重逢，爲此歡喜，然後和她一起回去。然而卻遇到了神祕的事物，甚至發現了慘遭虐殺的屍體。

「聽說被殺的人，兩邊眼睛都被挖出來了，是眞的嗎？你也看到了嗎？」

「嗯，看到了。」

「你又聽到那叫聲了嗎？然後發現了屍體？」

「對，那叫聲跟我們在神社聽到的一樣。然後我們去查看情況……」

我含糊其詞，結果彌生用力咬住下唇沉默了。只有踩過柏油路的單調腳步聲在虛空中作響。我們兩個默默無語，就這樣走了一段路，開始走上通往葦原家的坡道時，彌生突然沒頭沒腦地問：

「倉坂，你爲什麼會跟小夜子分手？」

「妳、妳幹麼突然問這個？」

這過於突兀的問題，讓我慌亂到連自己都覺得滑稽。

彌生仰望我，發出幾乎不合時宜的柔和笑容，吃吃一笑。

「如果不說點什麼轉移注意力，感覺腦袋會充滿可怕的想像嘛。」

我還是疑惑就算是這樣，爲何要搬出這件事，卻也想不到其他替代話題。就像彌生說的，彼此再繼續沉默下去，感覺對精神很不好。即使有些勉強自己，刻意表現開朗，應該也不是壞事吧。

「好吧，我說就是了。」

我擺出投降的姿勢，接納彌生的意見。

「直接的原因，是小夜子遇到跟蹤狂，對吧？」

「跟蹤狂……嗯，對啊。因爲這件事，我們……」

我閃爍其詞，想要隱瞞內心的動搖。坦白說，這是我最想迴避的話題。如果能夠，我不想面對。若是能夠刪除記憶，這會是我第一個想要抹除的過去。然而彌生完全不懂我的感受，興致勃勃地把臉靠過來。

「之前你們都交往得很順利吧？小夜子被跟蹤狂纏上以後，你不是也保護了她嗎？」

「一開始是這樣。可是漸漸地，那傢伙的行爲愈來愈變本加厲，根本無法應付。相反地，小夜子開始隱瞞這件事。」

「因爲不想害你擔心嗎？」

「我覺得是，但當時我無法這樣去想。我覺得她不肯全部告訴我，是因爲她不信任我。」

「——那個跟蹤狂，是叫狹間征次嗎？」

聽到這個名字，一股電流以驚人的速度竄過我的腦中。一股彷彿一切都被看透、也可以說是羞恥的恐懼襲來，讓我甚至有些頭昏眼花。

「沒錯，跟蹤狂就叫這個名字。他明知道小夜子有男朋友，卻自作多情愛上她。小夜子拒絕了他好幾次，他卻不斷告白。漸漸地，他可能相信了自己的願望和妄想，開始向身邊的人宣傳根本沒發生過的約會情節，還有他和小夜子的回憶。」

「那是那個人編造出來的妄想吧？身邊的人也都察覺了吧？」

「當然了。可是就算一開始聽了不當一回事，反覆一再聽到，也會漸漸開始懷疑或許真有其事。雖然我相信小夜子，但懷疑的情緒也漸漸滋長。」

我在無意識之間緊緊地握住了拳頭。事到如今，懊悔才滾滾沸騰，當時的記憶逐一重回腦海。連當時目睹的景象和聞到的氣味都鮮明地重現，隨著鄉愁一同沉沒在黑暗中的感情層層疊疊壓將上來。

「我漸漸開始懷疑那個跟蹤狂和小夜子的關係。如此一來，我們的關係當然也會惡化，最後……」

我無法繼續說下去。見我不再作聲，彌生輕嘆了一口氣，垂下目光。

「小夜子一定很難受。被人懷疑和根本不喜歡的人有關係，連喜歡的人都不相信她。」

我在她的聲音裡聽出了尖酸的音色。彌生會對我印象不好，也是難怪。站在女生的角度，連女友都不肯信任的男人，完全不值得同情吧。

「我明白，全都是我不好。因爲先放棄的人是我。小夜子耐性十足地想要向我解釋，我卻不肯聽她說。丟下難過的她不顧，我眞的差勁透頂。」

最後的語氣幾乎是吶喊了。我對倉坂尚人這可恨的傢伙——不，他的存在本身，湧出痛烈的憤怒與嫌惡。

我肩膀起伏喘著氣，彌生怯怯地探頭看我。

「……你後悔嗎？」

「我後悔嗎？這還用說嗎？所以我才會來到這裡。我想再見她一面。我想見到她，和她說話。」

我想聽小夜子的聲音。想看她羞澀地微笑的表情。那個時候，每天理所當然地看見的她的舉手投足，現在令我無比地思念。

——再見她一面。沒錯，就算只見到一面也好……

我不想被彌生看見我窩囊的表情，撇過頭去，抹去眼中浮現的些許淚水。我深呼吸幾次，總算讓情緒鎭定下來了。

「如果……你能再見到小夜子，你想跟她說什麼？」

彌生以莫名急切的口吻問。

「我只想見到她，就這樣而已。要跟她說什麼，我現在也不知道。總之我很擔心她。我想確定她是否安好。只要能看到她好好的，我就滿足了。」

對彌生這麼回答後，緊接著腦中響起另一個聲音，把我嚇了一跳。

——眞的是這樣嗎？這樣我眞的就能滿足了嗎？

再次見到小夜子，看到她就在眼前時，我有辦法克制自己不去緊緊地擁抱她嗎？我眞的有辦法壓抑自己的滿腔愛戀嗎？

我會那樣不顧一切地追逐在屋子裡看到的白色和服女子，也是源自於這樣的感情吧。我打從心底渴望再次見到小夜子。

「——就這樣而已？」

彌生突來的問題，讓我回過神來。我不明白她這個問題的用意，正自困惑，彌生以異於先前、有些冰冷的語氣說：

「你們分手的理由，眞的就只是這樣而已？」

「這是什麼——」

我正要問她什麼意思，回過頭去，卻說不出話來了。因爲在初昇的晨曦照射下，彌生那張臉毫無感情，到了令人驚愕的程度。

注視著我的一雙大眼失去了色彩，彷彿被虛無給塗抹成漆黑。只有嘴巴咧成弦月形，勉強看得出是在笑，卻顯然是不帶任何感情、乾涸的笑容。面對那甚至可說是空洞的表情，我身不由己地對她萌生出前所未有的詭譎駭異。

我答不出話來，和彌生大眼瞪小眼。換算成時間，只有短短數秒，但是對我而言，卻漫長到難以忍受。很快地，彌生突然恢復表情，眼睛重拾光芒，若無其事地往前走。

「怎麼了，倉坂？快走吧。」

可能是見我沒跟上去而感到奇怪，彌生停步回頭對我說。

就彷彿剛才的對話完全沒有發生過，彌生已經恢復如常。

從那溫婉地微笑的表情，也完全感受不到短短數秒前確實存在的詭異。

第五章

1

稻守祭有兩種祭典，前祭與主祭。

前祭是一般的村祭，目的是向神明獻上一年的感謝，並祈禱新的一年豐收、村子平安，每年都會舉行。相對地，主祭中會進行儀式，相當於所謂的「祕祭」，每二十三年只舉行一次，詳細內容，也只有村中少部分人知道。

主祭在前祭結束後的深夜零時開始，在那之前，無所事事地默默等待也實在無聊，而且關在屋子裡也教人窒息，因此我和彌生決定前往正在舉行前祭的廣場。穿過擺出立旗、掛著燈籠的商店街，就是一座小不溜丟的公園，廣場裡並排著攤販。中央架起望樓，青年在上面豪邁地敲擊太鼓，許多人配合音樂舞蹈，熱鬧滾滾。

孩子沉迷於撈金魚、抽籤童玩，大人拿著團扇，在樹蔭下乘涼，慈愛地看顧著孩子。完全就是隨處可見的悠閒鄉間風景，絲毫感受不到半點這座村子是受到陰慘陋習操弄的守舊村落的印象。

享受祭典的村人，大半都不知道凌晨時分發生的殺人命案吧。然而另一方面，當中應該也有些村人數小時前才親眼目睹雙眼被挖出、全身被撕裂的淒慘屍體。目睹那樣的情景後，他們還有辦法打從心底享受祭典嗎？

因爲時間已近中午，我們向攤販買了炒麵、章魚燒、烤玉米等來吃。可能是因爲沒吃到早餐，心情鬱悶，然而食欲卻很旺盛。

肚子一塡飽，輕微的睡意立刻籠罩上來。彌生好像也一樣，坐在長椅上，已經開始搖頭晃腦打起盹來了。我們看逛得也差不多了，便離開熱鬧的廣場，沿著橫亙村子的河流散步。刺眼的陽光被樹木的綠蔭遮擋，清透的流水潺潺聲傳入耳中，爲燥熱的身體帶來涼意。

就這樣走了一會兒，我們看見一群村人聚集在河邊。有大人也有小孩，包括老人在內，約莫十個人。看起來像是幾個家庭聚在一起。他們把和紙做的燈籠放入木船，讓船順河流下。

我漫不經心地看著這一幕，然而隨著距離接近，我發現他們的表情全都十分凝重、陰鬱。

「那是在做什麼？」

彌生一臉訝異地歪頭問。就算問我，我也不可能知道。

我再次望向那群村人。木船離開他們，緩緩地乘著水流，漂向下游處的我們這裡。我受到吸引，盯著漂流的木船看，發現燈籠的側面——和紙的部分寫著字。

我探出身體想看個仔細，彌生規勸我道：

「喂，大剌剌地看很沒禮貌耶。」

我覺得也是，抬起頭來，發現那群村人正目不轉睛地瞅著我們。他們的表情莫名地凶狠，幾近怨恨，卻也充滿了悲壯感。

——我們不小心看到了什麼不該看的東西嗎？

我當下這麼想，但村人也沒有過來說什麼，反而是匆匆收拾物品，逃離我們似地離開了河邊。

「我們打擾到他們了嗎？」

我喃喃著望向河面，木船流過我們旁邊，乘著緩慢的水流順河而下，漸漸看不見了。

「快點回去吧。入夜前稍微睡一下比較好。都已經睡眠不足了。」

彌生憋著哈欠催促我，我們開始爬上石階，這時腦中突然浮現「放水燈」三個字。木船上的文字只匆匆瞥見一眼，雖然無法清楚地辨認，但那應該是寫著人的名字吧？

「放水燈」是為了祭弔死者的靈魂或祖先，將載著燈籠的船隻放入大海或河川，算是「送火儀式」的一種。這項傳統流傳於全國各地，當然北海道也不例外，每到盂蘭盆節時期，北海道各地都會舉行，因此規模雖小，但就算這座村子也有那類傳統，或許也不足爲奇。

不過，這若是那類儀式，怎麼會在這樣的大白天舉行？所謂「放水燈」，顧名思義，是將「燈」放入大海或河川，基於這樣的特性，多半於夜間進行。而且看人數這麼少，好像也不是祭典的一部分。難道這不是一般的「放水燈」，而是這座村子獨特的風俗嗎？還是有什麼不能在夜間進行的理由？

想到這裡，秀美的交代掠過腦際，「天亮前絕對不能離開屋子，只有這件事一定要遵守。」我拾級而上的腳步停住了。

「難道……」

彌生訝異地仰望我，我沒理會她，回頭看身後。平靜地流過的河川對岸是一片森林。想像那個神祕的怪物從青翠繁茂的樹木間猝然現身的景象，後頸頓時爬滿了雞皮疙瘩。

「燈籠上的名字……」

我就像被催趕一般，離開了河邊。

2

回到屋子後，我和彌生返回各自的房間小睡。

就像彌生說的，必須趁著能休息的時候養精蓄銳。但我本身並非儀式人員，所以或許也沒必要這麼緊張兮兮。

我想躺在床上聽個音樂，把手伸向行李，這才想到手機不在身邊。想起今早被剛清搶走手機的事，不爽的情緒死灰復燃。

他爲什麼要那樣仇視我們？不，與其說是仇視「我們」，或許更是針對「我」一人。也許他從別人口中得知我是小夜子的前男友。聽說他和葦原家的獨生女久美是同學，或許就是從她那裡聽說的。

這完全是我的猜想，剛清愛上小夜子，但小夜子對他沒有戀愛感情，因此他的愛意落空，也就是被甩了。因爲這樣，他無端恨起我來……

若是如此推測，剛清那種態度，似乎也情有可緣。儘管那樣的敵視依然讓人無法接受，但現在想這些也沒用。我把多餘的想法趕出腦袋，仰躺下來，閉上眼睛。

葦原家的人似乎都出去忙祭典了，聽不到任何生活起居的聲響，像這樣躺著，漸漸讓人覺得屋子裡似乎只剩下我一人。

沒多久，我的意識就被睏倦拉進了睡夢深淵。

不曉得過了多久，好像聽到什麼聲音，睜開眼睛一看，不知不覺間太陽已經傾斜，幾乎就快西下了。室內陰陰暗暗，我摸到手表，拿起來一看，發現自從躺下之後，似乎睡了超過四小時。原本只打算稍微休息一下，卻整個睡死了。我猛地起身想要站起來，但一陣輕微暈眩讓我再次坐了回去。不曉得是不是還有些睡眠不足，腦袋一陣鈍痛。

我覺得口渴，把手伸向桌上，這時紙門外傳來呼喚聲。

「倉坂，你在嗎？」

我出聲回應，紙門客氣地打開來，那那木慢慢地探頭進來。

「不好意思。雖然你應該在睡覺……」

那那木以他一貫難以看出表情的臉看著我，這時我才發現我是被他的聲音叫醒的。

「怎麼了嗎？」

「哦，其實……」

那那木猶疑地頓了一下，確認周圍沒有人影，接著重新轉向我，表情嚴肅至極。
「我找不到佐沼先生。他的東西都在房間裡，不像出門了。」
會不會像我和彌生一樣閒得發慌，跑去參觀前祭了？我這麼說，但那那木搖頭否定。
「我本來也這麼想，去廣場看過了，但沒看到他。祭典規模不大，人數也不多，如果他在那裡，不可能找不到人。」
「你知道他還有可能會去哪裡嗎？」
我問，那那木手扶下巴，蹙起眉頭。
看來心裡有底。
「可能是去調查葦原神社了吧。」
「調查神社？」
我反問，想起了昨晚在屋子走廊遇到兩人的事。
佐沼說除了拜殿以外，他還有其他想調查的地方。緊接著我們聽到叫聲，發現了川沿的屍體，結果無暇調查任何東西了。所以他一定是想在主祭開始前，再去調查一次神社吧。
那那木似乎也這麼推測，趁著白天去過神社了。
「我去的時候，境內除了宮司達久先生以外，還有很多村人，不太可能讓人在那裡調查什麼。但現在村人大部分都去廣場了，佐沼應該是打算趁這個機會調查吧。」

「可是做那種事，要是被抓到，眞的不曉得會有什麼後果。」

今早的事，已經讓我們和村人之間有些劍拔弩張了。萬一再恣意妄爲，引來責怪，不曉得會有什麼下場。至少不是沒收手機就能了事的吧。

「我想現在就過去看看，你呢？」

那那木不可能知道我的擔憂，滿不在乎地問。

「咦？我嗎……？」

原本的話，攔阻或許才是對的，但他會像這樣來找我商量，表示多少還是指望我的幫助吧。再說，我總覺得不能讓那那木一個人去。

「好，我跟你一起去。」

我迅速做好準備，和那那木一起離開屋子。

彌生的鞋子在玄關，所以她還在睡吧。沒跟她說一聲就出門，讓我感到有些猶豫，但又轉念覺得不能把她牽扯進來。我認爲把她留下來，萬一發生什麼事，可以讓她免於遭到村人追究。

「要小心別讓村人發現。」

那那木刻意提醒說，我嚴肅地對他點點頭，往前走去。我們聽著從廣場遠遠傳來的管樂器和太鼓聲，爬上坡道，前往神社，途中我卻感到一陣毫無來由的惡寒，渾身哆嗦。

遠方傳來的祭典音樂、人們的歡呼聲，這些直到剛才都稀鬆平常的聲音，現在卻讓人覺得有些異樣。就彷彿應該走在熟悉的街道上，卻意外闖進了陌生土地，連自己身在何處都懵懂不明，是一種近似絕望的不舒服。搞不好那座廣場沒有半個村人，而是地獄的餓鬼們正在大啖捉來的人類？我甚至浮現如此荒唐的妄想。從腳底爬上來的奇妙恐懼，讓我全身爬滿了雞皮疙瘩。

太可笑了。這當然都是心理作用。一下子發生了太多事，讓我精神上有些招架不住罷了。我這麼告訴自己，小跑步上坡，免得落後。

然而隨著靠近神社，這種古怪的感覺不僅沒有消退，反而愈來愈強烈。一種飛蛾撲火、自投羅網的危險感覺完全籠罩了我。

「……那個，那那木先生。」

「怎麼了？」

我承受不住不知其來何自的沉重壓力，出聲叫喚，那那木馬不停蹄、頭也不回地應聲。

「佐沼先生和那那木先生，爲什麼會這麼執著於稻守祭？」

「執著？我嗎？」

那那木意外地說，瞥了我一眼，但我不打算訂正說法。

以單純聽到消息、過來看看而言，感覺兩人都過分固執於挖掘祭典的詳情了。而且還遇上了殺人命案、聽到神祕的淒厲叫聲，一般來說，應該老早就落荒而逃了，然而他們卻停留在此處，甚至瞞著村民的耳目，跑去調查神社，這再怎麼說，都太缺乏危機意識了。

這樣的行動，背後一定有某些並非單純好奇心的重要理由。我想知道那理由究竟是什麼。

「——好吧。我應該向你坦承相對。」

那那木轉頭看我，沉思片刻後，說了起來：

「我之前已經說過，我在蒐集各地的怪異傳說，並以它們爲題材，運用在自己的創作裡。」

「對，你說過。」

「可是，我並非單純只是爲了採集故事或傳說而前往各地。在網路普及的這個時代，這種做法完全是浪費勞力。親身感受當地氛圍，直接接觸具有歷史背景的事物，或許相當重要，但如果必須特地去到當地，才能描寫情景，想像力如此貧乏的人根本不適合當創作者。」

對吧？那那木向我尋求同意，我不知道他到底想要表達什麼，只是默默點頭。

「我追求的是『鬼怪』。爲了蒐集沒有人看過或聽過、甚至沒有想像過的珍奇鬼怪傳說，我親自前往異象怪事發生的土地，親身去體驗。」

「親身、體驗……」

這超乎尋常感性的突兀發言，讓我困惑不已，那那木瞥了我一眼，嘴唇微帶笑意，露出得意的表情。

「假設某個傳說中有妖魔鬼怪登場。我掌握到這類情報，就會前往當地，親自會會那個鬼怪。否則絕對無法正確地、栩栩如生地眞實描寫出各種鬼怪所具備的瘋狂與異常。」

「也就是說，那那木先生是爲了增添作品的眞實性，尋找——不，親眼確認妖魔鬼怪，所以在各地旅行？」

「簡而言之就是這樣。不同於土地的景色或氛圍，鬼怪唯有直接接觸過，才能認識到它的存在。那些全是遠超乎人類想像力的事物，無論憑藉再怎麼卓越的想像力，都不可能正確猜測。」

所以我才會像這樣前往鬼怪出現的地點——那那木斬釘截鐵地說，他的話確實具有說服力。然而另一方面，這番內容卻也讓人無法輕易相信。唯一可以確定的是，那是我這種凡人完全無法想像的發想。

比方說，對，他的話完全足以讓人懷疑這個人的神智是否正常。

「你不相信我的話。你認爲這世上才沒有什麼鬼怪？」

瞬間，我一陣語塞，勉強搖了搖頭。

「坦白說，來到這座村子以前，我連想都沒有想過這種事。可是現在……而且川沿被殺害的手法太不尋常了。我不知道他是個怎樣的人，但實在不可能會有人恨一個人，恨到以那樣殘忍的手法殺害對方。然而他卻死得那麼……」

後面的話哽在喉間說不出來。川沿那面目全非、看不出生前樣貌的臉。空洞的眼窩。被異樣撐大的那兩個窟窿——

緊閉的眼皮內側浮現仍烙印其上的驚駭光景，我反射性地摀住了嘴巴。

「平時也就罷了，但現在的我，無法完全否定那那木先生的說法。」

可能是感覺到某種靈犀相通，那那木的眼睛好意地瞇了起來。

另一方面，我想到了一件事。

「那那木先生從一開始就知道這座村子有鬼怪？」

「嗯，我知道。就是知道才會來。」

「那，這村子的鬼怪果然是……」

「泣女大人。」

那那木接過我說到一半打住的話，靜靜地說：

「也就是這座村子祭祀的靈威。據說泣女大人會在每二十三年一次的儀式中現身。我就是爲了親眼看她一眼而來——做爲蒐集鬼怪傳說的一環。」

「可是，泣女大人是神吧？怎麼會說她是鬼怪？」

我問，那那木手扶下巴，做出思考的動作：

「這完全是我的見解，泣女大人根本不是什麼神。佐沼先生應該也是相同的看法。關於這件事，佐沼先生似乎知道得比我更詳細。」

——泣女大人不是神。

在葦原家的晚餐席上，那那木也說了類似的話。若說這話就完全如同字面上的意義，這究竟代表了什麼？

「告訴我，泣女大人到底是什麼？和我們聽到的那叫聲還有川沿被殺，有什麼關係嗎？」

我提出疑問，那那木又露出沉思的表情，沉默了數秒後，唐突地說：

「——Nakime-sama，漢字應該是『泣女』，或是『哭女』吧。」

他用手指在空中比畫文字給我看

「應該是這樣的漢字。換句話說，這個名字本身，反映了會發出那種駭人叫聲的特性。以那種殘忍的手法挖出川沿的雙眼，也是這種鬼怪的習性——」

說到這裡，那那木驀地停步，唐突地打住了話。我們專心說話，所以沒發現，但不知不覺間已經來到鳥居前了。

那那木的視線對著前方，凍結似地僵固著，我叫他也不回話。是聽不見，還是聽見了卻無法反應？不管怎麼樣，那那木大張的眼中有著顯而易見的驚愕。

我循著他的視線望去，發現神社境內有人影。從正面望向拜殿，右邊從這裡數去第三個石燈籠，有一名男子憑靠在那裡，雙腳前伸，坐在石板地上。遠遠地望去，從服裝和體格，一眼就能認出是佐沼。

同時我也看見佐沼的臉和脖子、身體各處都被疑似本人的鮮血染得鮮紅，差點嚇到腿軟。

「不、不得了——」

遠遠地也能看出血量驚人。我發出走調的驚叫，就要跑過去，然而下一秒卻被猛力一撞，整個人往前栽倒。

我甚至無暇喊痛，就被推到旁邊的石階牆上。

「那那木先生，你做什——」

「安靜！不要說話。」

冷酷的聲音銳利地刺入耳中，我反射性地噤聲。那那木撞倒原本就要往前跑的我，直接把我按在石階牆上，自己則背貼著牆，回頭窺看境內——佐沼所在的方向。

我聽從那那木的命令，閉上嘴巴，勉強扭轉身體，探頭窺看境內。我再次看見靠在石燈籠上一動不動的佐沼。他還活著嗎？還是已經死了？若撇開這個問題，感覺是一副平凡無奇的景象。

然而下一秒，我發現自己錯了。

——有東西……

境內中央，佐沼靠坐的石燈籠不遠處的位置，有一大團白色的物體。凝目對焦細看，那是個穿白色和服的人影。

穿上層層疊疊的和服，身形鼓脹的人影——想到那是日本新娘所穿的傳統婚禮服「白無垢」，我墜入了更強烈的戰慄。

那人用裸露的四肢在地上爬動，不知道是在尋找什麼，戴著白色蒙頭布的頭左右傾斜著。垂落的黑髮像生物般在地面拖行。

「那是什麼……」

好不容易擠出來的聲音顫抖得不像話。

由於暮色更深，四下迅速落入昏黑，看不出身穿白無垢的人是什麼相貌。但以四肢著地的姿勢爬來爬去的那人，手臂異樣地長，軀體形態顯然異於常人。

——泣女大人。

無意識之間，思考自動給出了可能性最高的答案。這座村子的人們信奉、尊崇的存在。那個異形的白無垢女子，就是他們祭祀的神。

才剛想到這裡，不管聽過多少次都不可能習慣的那道駭人的叫聲響徹四下，白無垢女子猛地打直身體，挺立起來。

從這麼遠的位置，也能看出她個子極高，光是這樣，外形便足以令人心生畏懼。胴體和手腳一樣長得詭異，蜷曲的背部像瘤一樣高高隆起。踩在地面的土黃色的腳，還有無力地垂下的雙手都細得要命，更突顯了它的醜惡與不平衡。

「天哪，那……那……就是泣女大人嗎……？」

那那木顫動著喉嚨喃喃自語。然而那沙啞的聲音比起恐懼，感覺帶有更強烈的喜悅成分。他的雙眼張到不能再大，雙手攀在石階邊緣，肩膀晃動，不停喘著氣。表情充滿了駭人的執著與感動，就宛如總算發現畢生尋覓的祕寶的冒險家。

「那那木先生，那是……」

「安靜。你也想要被殺嗎？」

那那木壓低了嗓音厲聲道：

「殺死商家的川沿的，果然就是那個怪物。秀美會警告『天亮前不可外出』，也是爲了避免遇到那傢伙。」

我一時說不出「果然」兩個字，最多只能點頭。

「錯不了。它就是這座村子自古信奉、葦原神社祭祀的非人之物——泣女大人。」

彷彿呼應那那木這番話，白無垢女子——泣女大人再次放聲尖叫。即使連忙摀住耳朵，也毫無意義。那直接撼動大腦的淒厲聲音，讓我心膽俱裂。怪物發出的魔音，彷彿正用透明的刀刃凌遲著我們，威懾我們，讓我們動彈不得。

泣女大人喊叫了一陣之後，緩緩地開始移步。一步拖著一步，慢慢地踩過滿地鵝卵石，經過坐著不動的佐沼旁邊，走向拜殿後方。

是曾經聽過的腳步聲。如此細微的聲響，平時若不豎起耳朵細聽，應該甚至不會留意，然而它卻異樣清晰地殘留在耳底。

「這座村子的人祭祀的，果然不是什麼神，是如假包換的怪物。面對那來自異界、彷彿要割破玻璃的尖叫聲，每個人都同等地無力，不可能反抗……」

「……不可能反抗嗎？」

我問，但那那木沒有繼續說下去。

後來我和那那木在石階上趴了多久？身陷白日夢般奇妙的感覺徐徐褪去，意識漸次清明起來。回過神時，泣女大人已經完全消失了。四下被一片寂靜籠罩，偶爾聽見的，只有悲切的野鳥啼叫聲。我爬上石階，踏入境內，奔近佐沼，但如同一開始的猜想，他已經斷氣了。

「佐沼先生……他是一個人在這裡調查時，被那個怪物攻擊了嗎？」

我想像一身髒污破爛的白無垢打扮的怪物攻擊發出垂死慘叫的佐沼的景象，幾乎要當場頹倒。

「不，不對。」

那那木小聲說，用力把臉湊近已化爲無語亡骸的佐沼，指著他血淋淋的脖子。

「你仔細看。佐沼先生直接的死因，是頸部被割斷，失血過多而死。從傷口來看，是被相當尖銳的凶器割開的。而且雖然不是致命傷，但從身體到下腹部，也有許多刺傷。和川沿那時候相比，手法明顯不同。」

「也就是說……？」

我已經放棄思考，直接要求答案。

「佐沼先生是遭人用某種凶器亂刀刺傷之後，再割斷頸動脈，成爲致命一擊。和川沿那時候不一樣，他的雙眼也沒有被挖出來。臉部很完整。」

「那，殺死他的是……？」

雖然我沒有說完，但已經猜出那那木想要說什麼。他站了起來，交抱起手臂，恨恨地嘆了一口氣。

他俯視著佐沼那雙靈魂脫離，再也不會倒映出任何事物的眼睛，接過我懸在半空中的話，明確地宣告：

「殺死佐沼先生的不是那個怪物，是貨眞價實的人類。」

3

我和那那木立刻離開神社，在葦原家的玄關前抓住剛從前祭回來的秀美和達久。我因爲焦急和震驚而無法好好說明，由那那木來說明原委，兩人聽完臉色大變，衝進屋子裡。聽到秀美和達久說明情況後，辰吉一開始雖然表情緊繃，看似驚訝，但立刻裝出平靜的表情，只說了一句「這樣」，目光又回到打開來的報紙上了。

辰吉的反應，當然讓我和那那木大爲震驚，同時也感到強烈憤怒。有人被殺了。而且不是在別的地方，就在葦原神社內，狀況和川沿遇害時顯然不同，他怎麼能這樣老神在在？

我們彼此交換眼色，表達對辰吉的不信任。

「前祭就快結束了，立刻就得準備主祭，叫青年團把那個叫佐沼的屍體搬走。」口氣簡慢地下達指示時，辰吉的眼睛依舊沒有從報紙上移開。他的指示也一樣，極爲片面且自私。然而達久卻立刻答應，點了點頭，匆匆跑過走廊離開了。那動作毫不猶豫，彷彿在說社會一般正常人的意見對他們無關緊要。

「葦原先生，這次你也不打算報警嗎？」

那那木問。雖然平靜，但語氣確實滲透出怒意。聽到這個問題，辰吉回頭看這裡，皺起了眉頭。銳利的目光看也不看我，只瞪著那那木一個人。

「所以怎樣？我說過很多次了，在這座村子，稻守祭是第一優先。不管外來的人發生什麼事，都不能影響儀式。在主祭順利結束前，我不打算讓任何人干涉。」

「警方辦案叫干涉嗎？這顯然是一樁殺人命案，殺人犯或許正潛伏在村中某處。」

「殺人犯？哈，別笑死我了。」

辰吉搖晃肩膀笑了起來，就彷彿那那木的說法滑稽至極。

「那麼，你認爲殺死佐沼先生的也是泣女大人嗎？」

「小心你那張嘴。泣女大人怎麼可能做出這種事？」

辰吉當下收起了笑，這次惱怒地啐道。然而他的語氣顯而易見地曝露出即使只是表面，也要否定的企圖。

「我同意。因爲和川沿先生那時候相比，不管是遺體的狀況還是手法，全都大相逕庭，所以顯然另有一名殺人犯。同樣地，殺害川沿先生的，除了泣女大人以外，不可能有別人。」

那那木的聲音聽起來有些洋洋得意，辰吉聞言露出驚愕的表情。

「什麼意思？你到底在……」

辰吉神色大變，目光交互看著我和那那木。相對地，那那木從口袋裡掏出懷表，拿到眼前，確認時間。

「逢魔時刻（註）——即使不是三更半夜，泣女大人照樣會出現呢。和川沿先生那時候不同，它出現的時候，佐沼先生已經遭人殺害了。他的眼珠沒有被挖走，由此可見，泣女大人似乎只會對活人下手。」

我看出辰吉旁邊的秀美倒抽了一口氣，手伸向嘴巴，表情僵硬。至於辰吉，他似乎已經不想否定那那木的話了。也許他認爲再繼續抵賴就太難看了。

「告訴我，那個怪物到底是什麼？還有稻守村的主祭中舉行的儀式內容和目的是什麼？」

不否定，但也不肯定。辰吉不見棺材不掉淚，默不吭聲，什麼也不說。

註：逢魔時刻（逢魔時，おおまがとき）亦稱「大禍時」，指白晝與夜晚交界的傍晚時刻，日本人認爲這個時間容易遇上魔物或災禍。

那那木有些焦急地加重了語氣逼問：

「葦原先生，都到了這步田地，你還要隱瞞嗎？我們用這雙眼睛，親眼看見了應該是你們稱爲泣女大人的東西。既然已經看到了，就再也不是無關的外人了。差不多可以告訴我們眞相了吧？」

「……不行。」

「爲什麼？事到如今還有什麼好隱瞞的？」

「………」

「葦原先生！」

不論那那木如何逼問，辰吉就是堅持不開口。那那木只是想要知道眞相，爲何辰吉要如此頑固地拒絕？

難道還有什麼必須隱瞞的事嗎——？

「請問，怎麼了嗎？」

後方傳來客氣的詢問，回頭一看，彌生正一臉不安地站在門口。我扼要地說明狀況，她雖然驚訝，但並未多餘插嘴。

「那個叫佐沼的客人被殺，我是很同情，但要我說的話，他是自做自受。誰叫他未經允許，在村子裡到處刺探。要是學到教訓，你們也別再繼續亂挖了。」

辰吉好不容易開口了，卻是語氣強硬地單方面命令，絲毫感受不到對佐沼的哀悼之情。

「……儀式……只要儀式結束，一切都會順利。只要再忍耐一下就過去了。」

辰吉自言自語道，就好像要抓住某些希望。雖然隱隱約約，但我總有種不協調感。只見辰吉緊繃的表情驀地罩上陰影，下一秒，先前的威勢感消失無蹤，蜷得小小的肩膀顯得無依無靠。

又來了。來到這座村子以後，不只是葦原家，許多村人都會不經意地顯露出這樣的表情。彷彿無法完全隱藏對什麼的害怕及恐懼，卻又像是被什麼所逼迫，是一種命懸一線的表情。

人到底要怎麼樣才會露出這種表情來？害他們露出這種表情的到底是什麼？疑惑漸漸朝某個可能性靠攏。

或許在我們來到此地以前，他們就恐懼著那個怪物。爲了每晚響起的駭人尖叫聲顫抖，害怕著在村中徘徊的白無垢怪物，在儀式到來之前的日子，都活在死亡陰影的恐懼當中。

秀美會警告我們「天亮之前不可以外出」，理由就在這裡。我朝秀美瞄去，與蜷起胖碩身體縮成一團的她四目相接了。一和我對上眼，她便強硬地別開目光，心慌地喘了一口氣。

不協調感不斷膨脹。他們一定還有所隱瞞，但我完全不明白他們在隱瞞什麼。葦原家讓陌生的外地人留宿家中，招待酒食，但我對葦原家——不，對這座村子的人原先的好感一轉眼便全盤崩解，被不明所以的恐懼取代。暫時離開熟悉的生活，闖入的這個地方，完全不是什麼純樸的寧靜鄉村，而是有挖人眼珠的怪物跋扈的魔境。而且不只是那個怪物，甚至還潛伏著懷著殺意奪走佐沼性命的殺人犯。

想到這裡的瞬間，更強烈的恐懼襲擊了我，同時我為小夜子擔心到了極點。我強烈地想要立刻確定她平安無事，但用不著說，這是絕對不可能的事。

「學到教訓的話，你們就給我安分一點，不要再來礙事了。」

辰吉站了起來，彷彿言盡於此，躲到裡面的房間去了。那那木似乎也無意再繼續逼問下去，默默地走出和室。現場只剩下我和彌生還有秀美。秀美客氣地說「我來泡個茶好了」，我恭敬地婉拒，也和彌生一起離開了。繼續留在這裡，也只會讓心情沉重，我想要一個人獨處，稍微整理一下思緒。

我們並肩經過走廊的期間，彌生一逕沉默，不發一語。來到自己的房間前面時，她說：

「那，晚上主祭的時候見。」

她的聲音很小，感覺隨時都會消失。

「那個……有川。」我出聲。

「……什麼？」

彌生扶著紙門停步，回過頭來。走廊的昏黑夜色中，浮現她沒什麼生氣的苦惱表情，和第一次看到的她判若兩人。

「沒事，呃……」

明明害怕極了，卻拚命克制恐懼，留在這裡。想像她這樣的心境，我完全不曉得該怎麼安慰才好。彌生奇怪地看著雖然叫住她，卻又不說話的我，接著有些傻眼地笑了出來。

「難道你是在擔心我？」

「唔，是這樣沒錯啦……」

口齒不清地嘟噥的我似乎很好笑，彌生噗嗤笑出聲。

「你自己的臉色才難看，你還好嗎？」

「有、有嗎……？」

「你一定很擔心小夜子吧。可是看到我這樣，忍不住關心，是吧？」

彌生微微垂下視線，蹙起眉頭說：

「抱歉。都是我把你扯進來，才會變成這樣。」

「沒這回事。妳沒必要自責。」

我刻意加重語氣說，彌生怯怯地抬頭看我。

「倉坂……」

「沒錯，或許是妳把我帶來這裡的，但小夜子沒有回去，還有村子裡發生命案，都不是妳的責任。再說，遇上這樣的狀況，任誰都會感到不安的。妳不用勉強裝沒事，如果害怕，直接說出來就好了。妳不需要壓抑自己的感受，或是覺得自責，向我道歉。」

我抓住彌生纖細的肩膀，一鼓作氣地說。她驚訝地睜圓了眼睛，生硬地點了兩下頭。說出想說的話，我鬆了一口氣，這時才總算發現自己一時激動，和她貼得太近了。

一陣甜蜜的花香掠過鼻腔。

「啊、哇！抱、抱歉……」

這狀況看在旁人眼中，一定就像我在對彌生調情，想要把她帶進房間裡。我連忙放手，誇張地和她拉開距離。

「啊，那，呃，晚點見……」

「嗯，再見……」

我們簡短地道別，像要逃離尷尬的氣氛般道別了。途中回頭一看，彌生從房間裡探出一顆頭來看著我。我向她輕輕揮手，她也一樣對我揮手。加速的心跳讓人覺得怪難爲情的，一回到房間，我就整個人鑽進被窩裡了。

我就像高燒發作般，呻吟著扭動了一陣，終於恢復冷靜時，總覺得自己背叛了小夜子。接下來好一段時間，這次是陷入了深深的自我嫌惡，在被窩裡痛苦扭動了老半天。

4

在對小夜子的罪惡感和愉悅的亢奮感之間掙扎了一陣，精疲力竭的我正打起盹來，突然有人敲了房間的紙門。

「啊，來了。」

一股期待與焦躁摻半、莫名其妙的興奮，讓我的聲音都啞了。

想像關上的紙門另一頭就是剛才道別的彌生，我跳了起來。

——難道是她……？

我內心咒罵著懷抱一抹期待的自己，伸手開門。立下決心打開的門外，站著依舊一臉蒼白的那那木，面無表情地看著我。

「……什麼啊，原來是那那木先生。」

「你以爲是誰？」

可能是我太直率地吐露心聲，那那木訝異地皺眉。

「沒事。倒是怎麼了？找我有事嗎？」

那那木有些意味深長地表情緊繃著，微微點頭。

「方便借點時間嗎？」

我說「當然好」，請那那木入內，隔著矮桌對坐下來。那那木把抱在腋下的筆電和手帳般的東西擺到桌上，忽然正經八百地看向我。

「我就開門見山了，今晚的主祭，你有什麼看法？」

「看法……？」

我語塞了一下，但認爲應該坦白說出自己的想法。因爲對我來說，這座村子裡，能夠信任的人就只剩下彌生和那那木了。

「我也不是傻子，我不認爲『泣女大人的儀式』只是祭典的延長，是單純形式性的祭祀活動。不過我也只想到這些而已，完全無法想像會是什麼內容。只是……」

「只是？」

「如果說這個儀式是爲了鎮住那個穿白無垢的女人——那那木先生說是泣女大人的那『東西』，我也覺得就像辰吉先生說的，乖乖等待儀式結束是不是比較好？」

「你認爲儀式結束後，那個怪物就會被鎮住了？」

「難道不是嗎？可是這不就是儀式的目的嗎？」

我用連自己都覺得可悲的沒自信語氣問，那那木的表情更嚴峻了。

「確實，如果相信他們的說詞，是這樣沒錯。但就是沒那麼順利，所以村人才會那麼害怕、焦慮，不是嗎？」

與那沉靜的口吻相反，那那木的聲音充滿了確信。

這麼說來確實如此，雖然辰吉一直對我們擺出強硬的態度，但看起來有一半也是來自於強烈焦慮。不只是他，秀美和其他村人也是，雖然表現得很自然，卻也好幾次暴露出走投無路般的表情。如果把這種表現解讀爲焦慮，總覺得極有說服力。

「他們是在焦慮什麼？就算逼問，也不會有人透露吧。也有可能已經下了嚴厲的封口令。但從至今見聞到的狀況來看，我可以猜出個大概。這座村子裡的人感受到的，是已經沒有後路的焦慮。你是不是也這麼感覺？」那那木說。

「被你這麼一說，或許眞的是這樣。村人對稻守祭的執著近乎異常。辰吉先生也是，那說法簡直就像是只要主祭順利，其他事情都不重要了。有人被殺，很可能是命案，卻也不報警，優先舉行祭典，這太違背常理了。」

我一口氣說道，就像要發洩內心的積鬱。

「你的疑問和感受都是對的。換句話說，他們有理由不惜做到這種地步，也要把一切希望寄託在稻守祭——不，『泣女大人的儀式』。如果說儀式的目的是鎭住那個怪物，萬一儀式失敗，就再也不可能壓制那怪物了。若是落得這樣的結果，村人就必須活在那個怪物的淫威之中，直到下一次儀式。」

如果還有下次的話——那那木補充道，諷刺地苦笑。

「你是說，他們在害怕的就是這種情況嗎？害怕無法鎭住怪物，又出現新的犧牲者？」

那那木含糊地側了側頭說：

「這完全只是我的推測而已。我不清楚明確的事實，因爲現在掌握到的資訊還太少。從他們的反應來看，雖然能夠如此推測，但我有個疑問：『泣女大人的儀式』是成功牽這麼低、而且危險重重的儀式嗎？」

「意思是，原本它不是需要如此嚴陣以待的活動？」

「嗯，至少我想二十三年前，應該不像這樣死掉這麼多人。來到這座村子以前，我在山腳下的町公所翻閱過這塊土地的鄉土史和歷史書，但沒看到任何可疑的連續死亡紀錄。唯一值得一提的，就只有因爲淺間山爆發，造成全國性的大饑荒。」

「淺間山……？難道是天明年間的大饑荒嗎？」

我依靠模糊的記憶這麼說，那那木相當意外地眨了眨眼。

所謂天明年間的大饑荒，是發生在江戶時代中期，一七八三年至一七八八年的大饑荒，被列爲江戶四大饑荒之一，同時也是最慘重的一場饑荒。當時以東北地區爲中心，天候不良加上冷害，造成農作物長期歉收，這時又遇上淺間山爆發。火山灰遮蔽了陽光，導致日照減少，更嚴重的冷害襲擊了人們。這場大饑荒餓死了超過三十萬人。人吃人，或是把人肉當成狗肉販賣的行爲也四處橫行，屍橫遍野，完全就是一副活地獄景象。

雖說受害地區主要是東北地區，但北海道也不例外，據說有八百至九百人死於饑餓或疾病。

「由於連年歉收，村人陸續餓倒。面對令人不忍直視的慘狀，自然也會想要求神拜佛吧。在這種情況下，稻守村的人信奉祭祀的，或許就是泣女大人。」

雖然並非斷定，但那那木的說明沒有猶豫。

「祭祀泣女大人後，村子脫離了饑饉。此後也是，每當遇上各種天災，泣女大人都拯救了村子。信仰泣女大人的村人將儀式延續下來，以稻守祭的形式流傳至今。原本來說，這應該才是『泣女大人的儀式』的正確傳承說法。」

「但現在並不正確？」

「沒錯。」

那那木應聲，上身朝我探過來。

「我剛才也說過，在現代這個時代，任何名爲儀式的活動，都不應該會有任何危險性。在漫長的歲月裡傳承的過程中，作法和規矩會逐漸簡略，變成祭典等活動的一部分，變得形式化。這座村子直到不久前，都還是與殺人命案無緣的悠閒鄉村，這件事就證明了這一點。然而光是我們下榻這裡的這兩天，就已經有兩個人喪命了。其中一人毫無疑問是慘死於怪物手中。就算客套，也完全不適合『悠閒鄉村』這種形容。」

憑靠在商店鐵捲門上的川沿的屍體掠過腦際。不管回想多少次，那淒慘的死狀我都無法習慣。

「稻守村的人想要透過舉行儀式，來逃離怪物的威脅。但我認爲那與這數百年來反覆進行的儀式，已經漸行漸遠。莊嚴地流傳、反覆進行的稻守祭的主祭，唯獨這次，將要以異於原本應有的形態來舉行。我強烈地這麼認爲。」

「你的意思是，儀式原本並非爲了鎮住泣女大人而舉行？」

「不是的。鎮住泣女大人本身是共同的目的，我的意思是，可能發生了某些不得不改變作法的異常狀況。」

我覺得那那木的話愈來愈難懂，腦袋都快打結了。他緊迫的表情讓我不由得緊張起來，連喘息的空檔都沒有，便將我拖進了思考的迷宮裡。

「所謂的異常狀況，就是泣女大人開始在村子裡遊蕩這件事。然後爲了制止泣女大人，硬著頭皮舉行儀式。希望藉由這麼做，來解決異常狀況——也就是鎮住夜復一夜在村子裡遊蕩的泣女大人，讓村子恢復原本的正常狀態。我認爲這應該是葦原辰吉這些村人把稻守祭視爲第一優先的動機。」

像這樣一想，村人不肯向警方通報命案，也可以理解了。萬一警方涉入，稻守祭就不用辦了。如此一來，就無法鎮住泣女大人，出現新的犧牲者，也只是時間的問題。所以辰吉才沒有報警，也沒有半個村人提出異論。

「不把我們趕出去，也是擔心我們報警吧。爲了避免我們搗亂，連我們的手機都沒收了。」我說。

「這樣想應該沒有錯。像我或佐沼先生這種人，只要趕出去就好了，但你們是巫女的朋友，想要確定她平安無事。若是隨便把你們趕走，萬一你們跑去向警方求助，事情就麻煩了。他們應該是想把你們留在身邊監視，直到儀式結束。不過一開始是因爲他們歡迎你們留宿，所以找不到理由把後來的我們給趕走。」

稱得上過度熱情的款待背後，有著這樣的理由。認清這個事實後，我再次感到背脊發涼。雖然不到遭遇背叛這麼強烈，但依然不是什麼讓人舒服的感受。對秀美、達久等村人的印象，在我內心產生了急劇的變化。彷彿赤裸裸地看見善意外皮底下的露骨敵意，讓人難以承受。但這只是我沒發現罷了，他們從一開始就是心懷鬼胎在跟我們打交道。一廂情願地誤會，敞開心房的不是別人，就是我自己，而且也沒有人強制我對他們敞開心房，換句話說，一切都是我自願的。

這個事實更加令我狼狽。

「這表示除非做到這種地步，否則儀式難以成功吧。村人必須團結一致讓儀式成功，否則又會有人犧牲。唯獨繼續死人，無論如何都必須避免。爲了這個目的，就算做法有些粗暴，也在所不惜——村人之間會有這樣的默契，也是非常自然的事。」

我回想起沒收我們手機的剛清那布滿血絲的眼睛。那個時候，沒有任何人出面制止他過度的蠻橫行爲。因爲對他們來說，這是必要的。全村子隔絕我們這些外人，或是矇騙我們，暗地裡策畫著這些事。在我們無從知悉的地方，他們的計畫正逐步進行。

「怎麼會變成這樣？在過去，這座村子一直好好地鎮住泣女大人，對吧？然而爲什麼……」

說起來，我連「泣女大人究竟是什麼」這個最根本的問題都不明白。它是神嗎？或是似是而非的其他存在？或者是鬼怪、幽靈那類？連這都不清不楚。但只有一件事可以斷定，就是它是極其危險且邪惡的存在。

「過去明明一直很順利，爲什麼只有這次……」

我的語尾變得虛弱模糊，這時那那木站了起來，打開窗戶。白天忙碌鳴叫的蟬聲現在也已經銷聲匿跡，窗外濃濃地盤踞著安靜到幾乎耳鳴的寂靜與黑暗。

「我可以抽菸嗎？」

那那木從胸袋拉出香菸盒一角，徵求許可。我手心向上表示「請便」，他朝我點了一下頭，取出香菸叼在唇間點火。

「——這不是我，而是佐沼先生查到的情報。」

他津津有味地吸了口煙，吐出窗外，首先這麼聲明。

「今年應該要舉行的泣女大人的儀式，好像失敗過一次。」

「等、等一下，失敗是什麼意思？儀式還沒有——」

說到一半，我赫然醒悟。

「難道在我們過來以前，就已經舉行過儀式了？但儀式失敗了，所以村子才會變成這樣？」

那那木望向窗外，再次吐煙，這次隔了有點久才點頭：

「佐沼先生的看法是，那個怪物會現身，在村子裡遊蕩，應該就是儀式失敗的結果。」

我也認爲他的看法大致正確。

「儀式失敗了，因此怪物現身殺人。所以這次爲了鎮住怪物，要『重新舉行儀式』，是這個意思嗎？」

「這樣想是最合情理的。」

那那木把菸揉熄在隨身菸灰缸裡，如此斷定。

「爲什麼你們會覺得儀式失敗過一次？這個消息的根據——」

我就要追問，那那木就像要打斷我，從矮桌上的物品中拿起一本陳舊的手帳舉起來。

「這是佐沼先生留在房間的採訪筆記。雖然覺得抱歉，但我擅自看了內容。裡面提到消息來源是一位叫大友的自由作家，這個人在半年前來過這座村子。」

那那木翻開記事本，指示他說的頁面。

「日期是今年二月。當時大友拓也和他的女友兼攝影師塚原藍子來到葦原家，採訪這座村子即將要舉行的稻守祭。他們在村子裡住了幾天，也參加了主祭，然後目擊到駭人聽聞的可怕事物。」

「可怕事物……」

「可惜的是，裡面並沒有描述那是什麼。佐沼從以前就和大友互有連繫，知道他來這座村子採訪，也知道他就這樣失蹤了。佐沼先生和大友似乎是老朋友。」

「佐沼先生來到這座村子，眞正的理由是爲了尋找他的朋友？」

「或是察覺他們已經死了，是來查明眞相的。」

在這座村子第一次和佐沼說話時，他說過除了採訪之外，他來到這座村子，還有其他理由。當時我沒特別放在心上，這時聽到那那木的說明，總算恍然大悟。

「大友拓也和塚原藍子現在依然下落不明，也就是不知是生是死。佐沼先生爲了確定他們的生死，開始調查稻守村，卻在這時候得知了奇怪的事情。也就是半年前應該已經舉行過的稻守祭，現在又要再次舉行。再次舉行半年前就已經辦過的祭典，到底是怎麼一回事？川沿的屍體解答了這個疑問。看到川沿的屍體後，佐沼先生確信半年前的祭典中，儀式失敗，導致無法鎮住此村長年祭祀的泣女大人了。結果泣女大人開始在村子裡遊蕩。或許在我們不知道的地方，早就有更多村人被挖出眼珠殺害了。如果眞是如此，村人會想要怎麼做，你應該也猜得到吧？」

「會想要重新舉行儀式。」

聽到我充滿自信的聲音，那那木滿意地點點頭。

「可是，只是重新舉行儀式，眞的就能解決這個狀況嗎？」

「希望如此，但現在實在不能說什麼。辰吉不用說，就算問其他村人，我也不認爲有人知道答案。既然無從詢問，也就無法得到明確答案。」

這模糊的回答讓我忍不住嘆息。如果只要舉行儀式，怪物就會離開，自然是最好的。只要避免外出，小心不要遇到泣女大人就好了。然而村人卻害怕成那樣，就是因爲無法保證只要再次進行儀式，就一定會成功吧？

萬一再度失敗，這座村子會變成什麼樣子？

「當然，這完全只是我的假說，一切都只是猜測。半年前的儀式為何失敗？這次的儀式會成功嗎？我們不知道詳細背景，所以現階段也無從判斷。」

「束手無策嗎？只能坐等時間過去嗎？」

在不知其來何自的焦慮與不耐煎熬中，我半是遷怒、咬牙切齒地說。不是為了什麼都做不到而氣憤，而是沒有得到明確的說明，一籌莫展，只能旁觀，這樣的無力教人難受。

小夜子該不會必須和那個怪物對抗吧？萬一為了鎮住那個怪物，身為巫女的小夜子必須犧牲自己的生命……

光是想到這裡，就讓我感到全身被撕裂般的痛楚。愈想愈覺得手無縛雞之力的小夜子不可能對付得了那個邪惡又可怕的怪物，只會淪為它的餌食，這樣的不安不斷地膨脹。若是能夠代替她，我甚至想現在就代她受苦。

我忍無可忍，用拳頭敲了一下桌子，擺在旁邊的筆電被震得喀噠作響。

「那那木先生，這是什麼？」

那那木是作家，攜帶筆電一起旅行並不奇怪，但我不懂為何要在這時候帶來我的房間。難不成他要把與我的對話當成創作靈感嗎？狀況這麼危急，他這樣不會太不莊重了嗎？我任意猜想，但聽到那那木接下來的話，發現是我杞人憂天了。

「這是跟記事本一起從佐沼先生的房間借來的。佐沼先生好像很不注重資安，這台筆電好像也是工作上使用的，但打開來一看，居然沒有設密碼。雖然覺得抱歉，但為了尋找線索，我還是看了一下。」

那那木說著和剛才同一套藉口，打開筆電。電源好像已經開啓了，從休眠畫面切換回來，螢幕上映出異國的星空與色彩鮮艷的街景。

「重要的資料好像已經轉到隨身碟那些地方了，筆電裡只剩下一些採訪筆記的整理文字檔，但我在其中之一發現了非常耐人尋味的內容。」

「耐人尋味？」

「就是這個。」

那那木輕巧地操作觸控板，把螢幕轉向我。

打開的檔案夾裡，只有一個影片檔。檔案製作日期是半年前的二月。

「根據記事本裡面的內容，這是與大友拓也同行的女性塚原藍子拍攝，上傳到影音網站的影片，也就是所謂的『實況影片』。現在雖然已經從網站上刪除了，但佐沼先生好像在被刪除之前把它存檔下來了。不知道是別人告訴他的，還是碰巧發現的，佐沼先生找到這段影片，得知兩人出事了。檔案日期是半年前的深夜，剛好是主祭舉行的時段。」

「塚原藍子是攝影師，對吧？那，這支影片是來這座村子採訪的兩人拍攝的儀式影像——」

我說到一半，那那木搖頭打斷我。

「很可惜，不是的。首先，採訪的時候應該是使用專門的攝影機，但這支影片是用手機拍的。拍攝者確定是塚原藍子沒錯，但她說的內容很破碎，而且整個人異常恐慌。反過來說，她就是如此窮途末路，即使在這樣的情況下，也非拍攝不可。」

那那木的話，或者說他的口吻，讓我的心臟陡地一跳。

塚原藍子留給佐沼的訊息。她到底想要傳達什麼？這也是過了半年，現在依然下落不明的她最後留下的話。

我想要嚥口水，發現嘴巴裡乾燥到不行。十吋大的螢幕裡，會出現什麼樣的景象？裡面發生了什麼事？我完全無法想像。唯一確定的，只有我打從心底抗拒去看這支影片。

毫無道理可言。我的本能拒絕去看。好想現在立刻闔上筆電，永遠不要再打開。就彷彿我的潛意識在告訴我，這才是正確的選擇。

「裡面到底——」

「看了就知道了。」

那那木再次打斷我話，伸手按下ENTER鍵。
螢幕轉為漆黑，影像開始播放。

5

『啊啊、啊啊啊啊啊……啊……』
影像劇烈晃動。伸手不見五指的黑暗中，只有被手機燈光照亮的一小部分景色勉強可以辨識出來。雪融不久的森林裡，斷續響起在泥濘的地面前進的腳步聲。
『怎麼會……怎麼會變成這樣……嗚啊啊啊……』
女子語帶嗚咽，反覆著意義不明的呢喃，不停往前奔。可能是抓著手機的手在顫抖，畫面上下左右劇烈晃動。
『我們……做了不得……哇！』
一陣劇烈的搖晃後，畫面唐突地靜止了。傳來女子痛苦的呻吟。好像是摔倒了。紊亂的呼吸加重，影像再次搖晃起來。看得出是撿起了手機。
『佐沼先生，是我……藍子……』

影像一百八十度翻轉，畫面上大大地映出一張女人的臉。口中噴出的白色呼吸不斷地消融在背後的黑暗當中。

被燈光照亮的女子——塚原藍子，那張臉涕淚縱橫，但她無暇收拾自己的狼狽，雙眼睜到不能再大，驚惶地掃視四周圍。她似乎想要從鴉雀無聲的森林當中找出什麼，急促地喘著氣，不時猝然屏息。喉嚨深處斷續擠出嗚咽，彷彿甚至忘了抹去眼中源源不絕地滾落的淚水。

『我……看到了。看到……那……人……被殺……被……那樣……太……慘了……』

藍子邊說邊吸鼻涕，頻頻頓住，因此話聲變得斷續殘破，完全聽不懂在說什麼。但唯一確定的是，她驚恐到了極點。

『怎麼會那樣……果然……不該那麼做的……』

野鳥同時振翅的聲音嘩然響起，藍子倒抽了一口氣。其實她應該是想要放聲尖叫的，但她堅強地以另一手用力捂住嘴巴，拚命克制下來。

寂靜再次造訪。彷彿每一棵樹木都屏聲斂息般異樣的死寂當中，只聽得到震顫的喘息聲。

『沒錯。那樣是不對的。她已經……我們……不該那樣做的！』

藍子的表情扭曲成一團。那複雜的表情，就像在爲了某事而懊悔，同時又爲了別的事死心認命。最後的聲音幾乎就像在尖叫了。

藍子宣洩感情般抽泣了一陣，下一秒陡地抬起頭來。

『拜託你，忘掉我們吧……絕對……絕對不可以來這座村子！』

藍子鬼氣森然的臉孔猛地逼近鏡頭，占據了一半的畫面。暴睜而布滿血絲的眼睛劇烈地搖晃著。

『不要靠近這座村子。這裡有可怕的東西……已經阻止不了了。它不會罷休……爲什麼我們會做出那種蠢事？我們明明沒那個意思的……就好像有什麼把我們給……啊啊……啊……嗚啊啊啊！』

說到一半，藍子突然發了瘋似地大喊。鏡頭轉向其他方向，拍攝到的森林另一頭浮現無數的光點。許多光點劇烈地搖擺著，朝她所在的位置逼近。就彷彿飄浮在黑夜中的無數鬼火穿林而來一般，景象令人魂飛魄散。

『不要啊——！救命！不要過來！啊啊啊啊！住手……不、啊啊啊啊！』

藍子淒厲地放聲慘叫。那叫聲就彷彿體現了世界末日一般。許多不知名野獸呻吟般的低吼聲層層疊疊壓將上來，撕裂深淵的黑暗，響徹四下。

『放開我！住手！啊啊啊啊！殺人啦！殺人……噫呀啊啊啊……！』

影像格外劇烈地晃動了一陣，接著停止了。掉落地面的鏡頭沒拍到人，而是捕捉到狂亂交錯的無數光團。

很快地，就像關掉電視機電源般，藍子的尖叫戛然止息。

最後留下的，就只有令人遍體生寒的寂靜。

毫無前兆地，影像唐突地結束了。

6

看完影片後，我好半晌說不出話來。

視線往上一抬，那那木正一臉悲痛地看著我的反應。

「呃，這難道……」

我明白這個問題的答案再清楚不過，卻還是不由得要問。

「就像你看到的，半年前的儀式夜晚，大友拓也和塚原藍子出了什麼事？這就是答案。這段影片之後，兩人就失去聯絡了。」

「難道他們現在還在村子裡？」

我壓低聲音問，那那木模糊地點點頭。

「他們出了什麼事並不清楚。就算問村人，他們也不可能據實以告。不管怎麼樣，應該都無法樂觀地期待他們還健健康康地活在某處。」

這點我也同意。即使要詢問，這段影片也不確定是否真是在這座村子拍的，如果村人裝傻到底，我們也拿他們沒轍。

「這個女生——塚原小姐想要告訴佐沼先生什麼？」

「她好像陷入錯亂了，所以我也不能明確地說什麼，但比起求救，感覺警告的意味更濃厚。不過令人介意的是塚原藍子說的『我們做了不該做的事』這部分。」

「這是在警告如果舉行儀式，會出大事嗎？」

我自己說著，卻不由得感到不太對勁。若是這樣的話，根本沒必要特地上傳影片，直接警告村人不就好了？

那那木似乎也有相同的疑問。

「據我想像，感覺不是儀式本身有問題，而是相關的某些要素不夠。」

「那不夠的要素，對儀式造成了重大的影響？」

「這麼推測應該不會錯。她目擊到儀式失敗了，也發現原因是什麼了，結果才會在森林裡四處逃亡吧。」

那那木的指摘令人信服，另一方面卻也讓我覺得奇怪。

要逃離儀式舉行的葦原神社，只有一條路，就是穿過鳥居，走下參道，經過葦原家前面，離開村子。她們的車子應該也停在那裡。然而塚原藍子卻在森林裡像無頭蒼蠅似地胡亂奔竄，這是爲什麼？

我對那那木提出這個疑問。

「這個問題很敏銳。她沒有往下逃，不是因爲逼不得已，必須逃進森林裡，就是已經錯亂到連這都沒想到吧。」

「從她的樣子來看，感覺像是後者。」

「我同意。她的話從頭到尾都支離破碎，也可以看出她已經錯亂了。」

那那木闔上筆電，眨了幾下眼，輕揉了一下眉心。

「不管怎麼樣，塚原藍子和大友拓也顯然遇到了危險。他們兩人可能都已經不在人世了。佐沼先生看過影片，應該也得出了相同結論。」

「所以他才會親自前來這座村子。他沒有報警嗎？」

那那木搖搖頭。

「應該沒有。確定兩人是否平安，以及調查村子裡發生了什麼事，這兩個目標，佐沼先生沒辦法縮減成其中一邊吧。或許他認爲先掌握情況，再採取必要措施，也還來得及。」

雖然擔心兩人，卻也無法抗拒強烈的好奇心嗎？從佐沼的個性來看，我覺得那那木這個推論正中紅心。

「爲什麼佐沼先生隔了半年才來到稻守村？」

「這完全是我的猜測，我猜大友先生和塚原小姐並沒有告訴任何人他們去哪裡採訪，結果佐沼先生也只好從頭調查他們的行蹤。就算看到影片，裡面也沒有任何可以鎖定地點的線索。光是能查到兩人來到稻守村，就非常了不起了。」

但就算是這樣，發現兩人出事的時候，佐沼居然沒有立刻報警，這我實在難以認同。從影片來看，兩人無疑身陷危險，而且是危及性命的險境。看到影片的時候，不是就應該立刻向警方求救嗎？

我這麼說，那那木輕嘆了一口氣，苦笑說：

「就算報警，也不可能明確地證明有什麼犯罪情事。既然不知道影片是在哪裡拍的，就算是警方，也無法發動調查。而且佐沼先生工作的出版社，出版的是靈異題材的雜誌。

警方只要知道他是那裡的編輯，就會懷疑那是精心造假的影片，非常有可能不理他。」

言之成理。換成我是佐沼，也只能束手無策吧。想到這裡，我為輕易批判佐沼的自己感到羞恥。

「佐沼先生終於找到這座村子，經歷一連串的事，確信塚原小姐並非胡言亂語。然後他把『做了不該做的事』這句話解讀爲『不可以舉行儀式』，想要揭露儀式的全貌，卻……」

被什麼人給殺了，是嗎？

想像佐沼的憾恨，我再次感到心痛。另一方面，卻也很氣佐沼爲什麼不告訴我或那那木？或許佐沼是不想把我們牽扯進去，但遺憾的是，我們老早就已經被捲入充斥這座村子令人喪膽的某些事物當中了。已經身陷獨力掙扎也無法掙脫的深淵。

「現階段知道的就只有這些。村人當中有殺害佐沼先生的殺人犯這件事先放一邊，他們的目的完全是讓儀式成功。只要我們安安分分的，他們應該就不會加害我們。當然，儀式結束後又是另一回事了。」

就像那那木說的，只要照這樣乖乖的不鬧事，應該就不會有問題。對於外來者，辰吉他們應該也根本不抱任何期待吧。只要我們乖乖的，他們應該不會危害我們，這一點我也看得出來。可是，眞的這樣就好了嗎？

我如此懷疑，擔心小夜子的情緒再次高漲。塚原藍子錯亂的樣子，是否反映出儀式就是伴隨著如此巨大的危險？

愈是思考，焦慮與煩躁就愈像濁流一樣塡滿了心胸。

「那那木先生，告訴我。你應該已經知道了吧？」

我在席捲而來的衝動驅使下拍桌，逼問那那木。

「『泣女大人的儀式』到底是什麼？」

我的氣勢完全沒有嚇住那那木，他平靜地搖了搖頭。

「很可惜，我也尚未掌握全貌，而佐沼先生應該在掌握之前就遇害了。就連當時候他在神社調查些什麼，我都毫無頭緒。」

那那木垂下目光，惋惜地就此噤聲。

我只能眼睜睜看著危險逼近小夜子。自己的無力教人咬牙切齒。不管再怎麼懇求，葦原家的人也不可能協助我或那那木，其他村人也是一樣。在他們的共識當中，除了讓儀式成功以外，沒有其他解決方案。我因爲太擔心小夜子，甚至有可能妨礙儀式，村人絕對不可能對我透露任何事。

既然如此，只能來硬的，帶走小夜子，逃出村子。這麼一來，她就不會遇到危險了吧。就算泣女大人往後也會繼續在村子裡遊蕩，追根究柢，也是村人自己把它放出來的，是他們自做自受。如果不想淪爲怪物的餌食，丟掉小命，趕快拋棄這個村子逃命就是了。

我明白這個想法完全不顧他人死活，十分自私，但無可奈何，沒有其他法子了。

我無法壓抑急切的心情，就要猛地起身的時候——

「有件事我很在意。」

那那木用有些調皮的語氣開口說：

「或許有點危險，但你願意跟我一起來嗎？」

接著他那張蒼白的臉扭曲起來，露出有些淘氣的笑容。

7

「那那木先生，爲什麼要來這裡？」

我在那那木帶領下離開房間，來到葦原家主屋東側走廊的盡頭處。是昨晚我追丟白色和服人影的走廊盡頭。

「昨晚我和佐沼先生在這裡發現你，你還記得吧？」

「這怎麼了嗎？」

「你怎麼會來這種地方？」

「那是……」

面對那那木目不轉睛的注視，我欲言又止。

並不是有什麼心虛之處，那那木的口氣也不是責怪，但我也不太願意老實說出來。因爲我在這個地點目睹一個人宛如一陣煙霧般消失無蹤。若非如此，就只能解釋爲我在追逐鬼魂，結果一路追到死路來嗎？

「呃，我不知道你會不會相信……」

但我還是非說不可。我斷斷續續地說出自己當時的所見所感，那那木沒有插嘴，只是一臉嚴肅地點著頭。

包括前天——也就是來到這座村子第一天晚上發生的事，我說完遭遇的一切經過後，那那木吁了一口氣，停頓了一陣，露出彷彿茅塞頓開的反應。

「也就是說，你追著白色和服的人影，卻在這裡追丟了人。然後你在前天晚上也看到了同樣的人影。據你推測，那是即將扮演巫女的前女友。」

「對。」

回答之後，一個疑問湧上心頭：我看到的白色和服，會不會就是在神社看到的白無垢？瞬間，彷彿無數條蛇在皮膚底下鑽動一般，駭懼的感覺讓我哆嗦起來。

——不，不對。不可能。

我重新確認記憶，否定了浮現的疑惑。因爲我在這裡目擊到的白色和服人影並沒有戴白色蓋頭布，步態也完全是正常人。那果然是在小屋裡閉關的小夜子，深夜避人耳目偷偷外出，這樣想才是最自然的解釋。

我正與自己的思考搏鬥，那那木似乎想通了什麼，頻頻東張西望，手放在下巴底下，不住微微點頭。

「呃，那那木先生，你——」

「安靜。」

那那木銳利地打斷我的問題，把手伸向儲藏室。他抓住門把，以謹愼的動作輕輕拉動，但因爲上了鎖，門文風不動。不管試著拉動多少次，都只傳出空虛的喀噠聲響。

「這道門已經很久沒有打開過了。」

那那木自言自語道，抓住鎖頭，吹掉積塵。

「你看到的白色和服人影，到底跑去哪裡了？」

「我也不曉得……」

就算問我，我也不可能知道答案。我才想知道。

「這有什麼關係嗎？」

「有，關係可大了。」

那那木的口氣極爲肯定，他突然把手按在盡頭處的牆上，以謹愼的動作調查起來。只見他上一秒小心地觸摸，下一秒輕輕推動，還整個人貼在上面，側耳聆聽。

我立刻就猜出他想要找什麼了。

「你覺得這裡有祕道？」

「你覺得太普通？不過若是沒有祕道，難道你要說眞的有人在這個地點憑空消失了？這更不現實吧。」

不知道是不是駁倒我讓他感到愉快，那那木露出得意的微笑。事實上我也窮於反駁，說不出話，但是祕道這種東西，實在是想太多吧？就算葦原家的大宅非常古老，又不是機關重重的忍者屋。

「雖然這麼說，但我就是爲了追求非現實的事物而來到這裡。都來到這裡了，如果就像偵探小說一樣，所有的一切都透過合乎現實的解答來解決，未免令人期待落空。」

「從這個意義來說，發生在這座村子的事，符合那那木先生的期待嗎？」

「若不怕語病，確實是符合我的期待。這個村子毫無疑問有鬼怪存在，不枉我千里迢迢跑這一趟。」

這是在說他畢生職志的怪談蒐集工作吧。從他的口氣聽來，目前的狀況以某個意義來說，或許完全就是他的理想。

想到這裡，一個疑問冒了出來：對於那那木悠志郎這個人，我對他的認知真的是正確的嗎？

——這個人真的是站在我和彌生這邊的嗎？

泣女大人的儀式很危險，萬一小夜子遇到危險，我要出手阻止儀式，那那木會幫我嗎？

「嗯……？這是……」

那那木似乎發現了什麼，聲音有些雀躍。

我打住思考，望向他那裡，只見蹲在牆壁前面的那那木回頭看向我。眼神淘氣閃亮，嘴唇甚至浮現誇耀的笑容。

我莫名其妙，困惑不已，那那木不理會，把目光轉回牆上，舉起拳頭敲了一下，結果部分牆板沉了進去，我忍不住驚呼。原本我還擔心是不是把牆壁敲壞了，但似乎不是。牆板沉入約一個拳頭大小，以此爲起點，旋轉了半圈。

「眞、眞的有祕道……」

我呆傻地嘴巴一張一合，驚愕地交互看著那那木和牆壁。那那木以誇耀的神氣笑容瞥了我一眼，哼了一聲，帶著狡詐的表情，身體滑進大開的牆壁當中。

「怎麼了？你不跟來嗎？」

黑暗深處傳來那那木的聲音。我在原地呆了片刻，連忙追上去。進入牆洞之前，感覺背後似乎有什麼聲響，我回頭望去，卻沒看到任何人。心理作用嗎？我自言自語，進入牆內，將牆板恢復原狀後，照明便自動亮了起來。眼前是一條通往下方的階梯，我們踩出吱嘎聲響往下走，來到一個上方與壁面都是泥土的洞穴般空間。腳下鋪著棧板般的板子，形成長長的通道。靠著一定間隔的燈光，我們在通道往前走。濕涼的空氣籠罩全身，雖然擺脫了外頭的暑熱，現在卻必須忍受灰塵與霉味。

這條路通往何處？我刻意沒有提出這個理所當然的疑問，追趕著走在前方的那那木的背影。走在不知盡頭在何處的地下道，腦中閃過礦山、礦坑這些字眼。萬一前方有岔路，迷失在裡頭，感覺就再也無法生還了。

回頭看背後，數公尺之外已經被漆黑所塡滿，不知道是從哪裡傳來的，滴水般的聲音斷續響起。

萬一在這裡遇到泣女大人，會怎麼樣？這個想法驀地浮上心頭。白無垢怪物土黃色的雙手從背後的黑暗中猝然伸出，或是擋在正面，埋伏我和那那木。要是在一丁點聲音都會迴響個老半天的這個空間聽到那道尖叫聲，光是這樣，我的腦袋是不是就會爆掉？想像在無路可逃的窄道裡被逼到絕路，挖掉眼珠的自己，難以承受的恐懼令我顫慄。

感覺那扭曲的大手隨時都會從背後的黑暗中爬出來。我在這樣的恐懼煎熬下繼續前進，那那木在前方的盡頭處停下了腳步。前方就和剛才我們下來的地方一樣，有一座階梯。輕手輕腳爬上去，終點處是一塊狹窄的空間，頂部覆蓋著鐵板。那那木腳下使勁，試圖以肩背頂開鐵板。從他的體格來看，我擔心鐵板太重，他會抬不動，沒想到板子意外輕鬆地被頂開了。

「這裡是……」

先爬上去的那那木發出像是驚奇的聲音。我跟著爬上去，來到一個四方白牆圍繞的房間。天花板很低，室內也不寬闊。地上鋪著榻榻米，我們來時的地下入口，就在房間中央處張開大口。

這裡和地下道不同，沒有照明，因此那那木拿出筆型手電筒照亮周圍。我們看見房間裡擺滿了造型優美的和服，攤開兩袖，驕傲地展示著上面的圖樣。和服多半是白色的，再來是紅色的，總共約六件。似乎都是女性和服。除此之外，還有像是衣櫃的東西。

「那那木先生，這裡難道是……」

「『打掛』和『掛下』（註一），搭配在一起，就是白無垢的新娘衣裳。」

白無垢……新娘衣裳……這些單字讓我反射性地聯想到在神社境內遊蕩的泣女大人，登時背脊發涼，連這裡怎麼會有這些東西的疑問都說不出口了。

「也有腰帶、髮簪、頭蓋這些飾品。全是高檔貨。」

「這裡是更衣室嗎？」

「類似吧。可是為什麼——」

那那木說到一半打住，在室內走來走去。然後他望向集中於一處，保管在房間門口附近的道具。那裡放了許多東西，從注連繩（註二）、神鏡等相當一般的物品，到油燈碟、榊（註三）瓶等等，許多看過但不知名的東西。

「杯、雪洞燈（註四）、三方台（註五）、方盆，這是袚串（註六）嗎……？」

那那木口中嘀咕著，半是驚奇，半是明瞭地自言自語著。

這處建築物的入口是對開門，似乎森嚴地上了鎖，不管是推還是拉，都文風不動。門前有塊像脫鞋處的空間，平坦的脫鞋石上有一雙白色草鞋，彷彿被遺忘在那裡。打開旁邊的鞋櫃，有幾雙相同的鞋子，看得出這也是新娘衣裳的一部分。

牆壁有一部分是格柵細密的窗戶，戶外光線幽矇地射入陰暗的室內。太陽早已西下了，但比起室內，戶外似乎更明亮一些。由於緊臨窗戶有道屛風，因此即使從外面窺覻，也看不見室內的景象。挪開屛風往外看，勉強可以辨識出熟悉的建築物和石燈籠。

「啊，這裡是拜殿後方的建築物。」

註一：打掛（打ち掛け）爲和服外衣，古時爲禮服，現代做爲婚禮服裝使用。掛下（掛け下）即穿在打掛底下的和服。

註二：注連繩（しめなわ）爲神道教中用來標示聖域，防止惡靈入侵的繩索，以稻草繩及特殊折法的白紙組成。

註三：榊即紅淡比，爲神道教中用於神事的植物。

註四：雪洞燈（雪洞，ぼんぼり）爲紙製圓球狀的高腳燈。

註五：三方台（三方、さんぼう）也稱三寶台，爲前左右三方有孔眼的高腳供物台，用於神棚。

註六：在木棒夾上細紙條製成的神道教祭祀道具，用以祓除穢氣。

我恍然大悟地自言自語，重新環顧室內。

那那木和佐沼之前在找的祭祀用品，也保管在這棟建築物裡面。平時都存放在不會被人看到的這個地方，需要的時候才拿出去嗎？

不過——我疑惑起來。這個房間裡保管的物品，幾乎可以確定就是主祭——也就是「泣女大人的儀式」中使用的東西。但以這樣而言，卻讓人覺得有些奇妙。若問我什麼東西哪裡奇妙，我也說不上來，總之，我內心對儀式這種活動的印象，和這個地方保管的物品並不相符，或者說搭不起來。

我重新環顧四周圍，端詳這些裝飾絢爛、設計精美的新娘用品。

——這些與其說是宗教儀式用品，更像……

「你看這裡。」

那那木突然叫我，我嚇得差點跳起來，回頭看他。那那木指的是空空如也的衣架，以及數個空箱。

「好像拿出去了呢。」

「剛好少了一整組和服、腰帶和飾品那些。這簡直就像——」

那那木說到這裡突然打住了話，回頭看背後，就像有人在叫他。他的視線前方，是高及腰部的小祭壇。房間北側，用白布蓋著木框製成的簡單祭壇上，陳列著一整套祭祀用品，中央處卻有著令人費解的空白。

一眼望去，就覺得應該在那裡的東西不見了。用燈光照射仔細查看，有一塊四方形的變色痕跡。

「這裡原本好像放著類似小匣子的東西。」

「匣子嗎……？」

我反問，那那木沒有回應，不停地用食指撥弄鼻頭。這是他在思考時的習慣動作嗎？那那木就這樣沉默片刻，很快地似乎想到了什麼，修長的眼睛倏然睜大了。

「原來如此，是這麼一回事嗎……？」

我奇怪他怎麼了，盯著他看，只見那那木嘴巴半張，整個人定住，一拍之後，視線忙碌地在整個房間逡巡。

「什、什麼東西怎麼一回事？」

那那木不理會詢問的我，再次轉向祭壇，凝視著變色的四方形區塊，幾乎要把它看出洞來。

「錯不了。那東西本來在這裡，爲了儀式而拿出去，現在……」

那那木口中嘟噥著莫名其妙的話，表情愈來愈嚴峻。那緊迫的表情，光看就讓人惴惴不安，連我都要心慌意亂起來了。

那那木回頭看我。

「我總算明白了。我知道『泣女大人的儀式』是怎麼一回事了。」

他又唐突地說道，讓我大吃一驚。

「眞、眞的嗎？可是，你怎麼知道的？」

「我也知道你的前女友要擔任的巫女是怎樣的角色了。所以我直接說結論。」

那那木停頓了一拍，以格外強硬、不容質疑的口吻宣告道：

「今天必須確實進行儀式才行。不管發生任何事，都必須把這件事擺在第一。」

我第一個想到的疑問是：這話有什麼意義？他又怎麼會如此確定？但我還沒有把疑問說出口，那那木就接著說：

「塚原藍子說得沒錯。她在強烈的恐懼及後悔中傳達的事並沒有錯，可惜她發現得太晚了。事到如今，一切都太遲了。只能進行儀式了。只要儀式成功，就有希望。不，除了這麼做以外，沒有其他方法可以拯救這座村子了。否則這村子和『她』都危險了……」

那那木彷彿鬼魅附身一般，以鬼氣森然的表情滔滔不絕。這一點都不像他的激動語氣，眞切地傳達出他的焦慮與急躁。

雖然我和他才認識兩天，但這是我第一次看到他如此赤裸裸地表現出感情。

到底是什麼讓他如此焦急？還有，他剛才說的『她』，指的是誰？

「呃，那那木先生，請你好好解釋一下——」

我不耐煩地就要追問，這時注視著我的那那木，雙眼伴隨著驚愕瞪得老大。稍微錯開的視線，對著我的稍後方——應該沒有人的空間。

——我的背後有什麼嗎……？

下一秒，背後感覺到某人粗重的呼吸聲，我陷入強烈的驚駭。

來自極近距離後方的強烈敵意。不明所以的恐懼讓我定在了原地。

應該回頭嗎？還是應該抱頭蹲下來？就在我猶疑的剎那，脖子挨了一記重擊。

還沒來得及感到痛，眼前便一陣天旋地轉，下一秒，我的意識墜入比黑暗更深的深淵之中。

第六章

1

柱鐘的針指著晚上十一點。

在久美協助下，已換上準備好的和服的我，最後在唇上點上胭脂，款款起身。重新端詳穿衣鏡中的自己，有種彷彿第一次讓母親為我化妝時的那種羞赧。

「小夜子，我進去嘍。」

久美打開紙門，夜風隨之吹入，輕輕撫過我的臉頰。

看到妝扮妥當的我，久美似乎吃了一驚，說不出話來，但她立刻笑逐顏開。

「真是太美了！」

「謝謝，我好高興。」

我們離開小屋，前往主屋。許久未踏入的那裡，建築物本身宛如沉睡了一般，一片寂靜，完全感受不到人的氣息。葦原家的人不用說，幾天前就下榻此地的客人似乎也已經過去神社了。

穿上玄關準備好的鞋子，一打開門，一陣刺骨的冷氣便吹襲而過。

「到神社有段距離，妳可以嗎？」

「當然沒問題。喏，走吧。」

我對關心我的久美點點頭，一起往前走去。短短數小時前的喧鬧聲就像一場夢，整座村子鴉雀無聲。

登上這條坡道，踏進神社，就再也不能回頭了。明明早就已經立下覺悟了，我的心卻異常紊亂，千頭萬緒。面對久美時，爲了不讓她看出我的驚惶，我逞強故作剛毅，但其實我非常害怕與不安，甚至想要現在立刻逃走。但我也明白這是做不到的事。

以代代和葦原家共同肩負村中重要職責的柄干家爲首，全村團結一致，就爲了這天做準備。對稻守村來說，「泣女大人的儀式」就是如此重要的活動。

這件事是已故的祖母告訴我的。奶奶慈祥和藹，總是笑容不絕，充滿了溫暖，但也有調皮的一面，有時她會突然耍任性，讓家人爲難。小時候來到村子，我都會在奶奶的房間打地鋪，睡前央求她告訴我許多事。

奶奶就是在這些睡前故事中告訴我的。她說，這座村子全仰賴泣女大人才能存在。因爲泣女大人看顧著我們，村子才能年年豐收，也沒有遇到威脅生命的天災，平靜地生活。

幼時的我，對泣女大人是怎樣的存在懵懵懂懂，幾乎是盲目地信仰她。

奶奶也說，每隔二十三年，就必須鎮住泣女大人。小時候的我並不理解什麼叫「鎮住」，也沒有想過二十三年這個周期有何意義。只是奶奶這麼說，我就覺得一定是對的，深信不疑。

我上國中的時候，奶奶過世，因爲父母的意思，我們不再回來稻守村，隨著逐漸長大成人，我也漸漸遺忘了這些事。時隔十幾年來到這座村子，爺爺重新告訴我稻守祭的眞正目的，我才得知原來泣女大人並非單純迷信。

泣女大人是眞實存在的。爲了鎮住她，必須每隔二十三年舉行一次儀式。萬一儀式失敗，將會引發不可挽回的悲劇。這是絕對不能夠發生的事。

同時爺爺告訴我，儀式的成功與否，全繫於巫女一人。還說關鍵是巫女在祓禊期間，能讓精神有多接近空無的狀態。這樣可以拉近巫女與泣女大人的距離。雙方愈是貼近，儀式就愈容易成功。

協助巫女做到這件事，是男方的責任。與男方精神上的連繫，對儀式的成功率有重大的影響。因此男方絕對不只是個花瓶，而是影響儀式成敗的重要因素之一。

考慮到這一點，不得不說這次的男方選擇了柄干秦輔來擔任，對我來說是個大不幸。

我不知道對方的想法，但我從以前就不喜歡他。就算我排除情感來挑起巫女大梁，他也不可能扶持我的精神。

那麼，誰來才適任呢？和柄干秦輔一樣，從小就和我還有久美一起玩的隅田剛清嗎？我早就知道剛清從以前就喜歡我，但他的愛意對我來說太沉重，只讓我覺得困擾。就算他一廂情願地把他的感情加諸在我身上，若是我沒有回應的意願，也同樣沒有意義。因爲再也沒有比來自根本不喜歡的對象的愛意更教人困擾的事了。

不只是剛清，只要是這座村子的人，都是一樣的。因爲從頭到尾，我想要的就只有一個人。除了尙人以外，我誰都不要。

「小夜子。」

久美忽然叫我，我從沉思中回過神來。

久美還是一樣擔憂地鎖著眉頭，停下腳步看著我。

「我說小夜子，妳眞的……」

「停，不要再說了。」

可能是口氣太嚴厲了，久美驚慌地縮起了肩膀。我默默地繼續往前走。我知道久美要說什麼。但事到如今就算求救，也沒有在眞正意義上能夠拯救我的道路。除非發生奇蹟，我是不可能得救的。

除非發生尙人現身此地的奇蹟。

坡道前方，在火炬的光芒照射下，鳥居鮮紅地浮現在黑暗中。

走在前方的久美已不再說話了。她以爲我已經徹底立下覺悟了吧。但不是這樣的。即使是現在這一刻，我的決心依然如同風中之燭。

男方由柄干秦輔擔任。他一定不打算讓我們的關係僅止於今晚的儀式。他打算利用儀式，將我占爲己有。

明明接下來我們要進行的完全只是形式上的行爲，他卻得寸進尺，想要來個假戲眞做。不用久美說，我也清楚那傢伙是會滿不在乎地做出這種事的人。如果一開始被吩咐擔任巫女時，我就知道對方是柄干秦輔，根本不會像這樣輕易答應下來。可是如果我拒絕，巫女就會變成久美來擔任。如果我在那時候知道久美會遇上這種事，依然會拒絕不了，答應下來吧。

換句話說，當我回到這座村子的時候，一切都已經注定會變成這樣了。父母生前一定就是爲了避免發生這種事，才刻意讓我遠離稻守村。他們寧願做出其他犧牲，也要保護我。

然而我卻傻呼呼地跑了回來。父母意外身亡，我和姑姑還有爺爺再會，在他們慫恿之下，來到了這座村子。

而且是在二十三年一次的儀式年度。

打從一開始，我就是爲了被指派當巫女而被叫回村子的。不管柄干秦輔怎麼想、儀式之後要如何處置我都無關緊要。我的存在就只是爲了讓儀式成功，確保村子接下來二十三年的和平，我自己的感受是只是無足輕重的瑣碎之物。我怎麼想、我喜歡誰，都沒有關係。只要完成職務就夠了。

一切都是爲了儀式。只要儀式順利，這樣就夠了。

我在鳥居稍前方停下腳步。在火炬的火光照耀下，境內擠得水洩不通的村人身影，彷彿帶有意志般搖擺著。夜空清澈，卻不見半點星辰。

拜殿拉起了神前布幕，正面設置了祭壇。身爲宮司的姑丈在說話，村人似乎專注聆聽著。熱烈演說的姑丈近旁，也有祖父的人影。

有人雙手合十，有人身體前探，對姑丈的話聽得入迷，沒有人發現我和久美到場了。

「——眞的可以嗎？」

細語聲引得我回頭，原本低著頭的久美抬起頭來了。濕潤的眼睛悲傷地搖晃著。

「妳不會後悔嗎，小夜子？」

聽到那語帶認命的空洞聲音，我只點了一下頭。

「久美，謝謝妳這三星期來的照顧。」

「小夜子……」

久美也不拭去撲簌簌落下的淚水，急促地喘氣。

這個村子裡，只有久美理解並尊重我的心情。即使只有一個人，但有這樣一個人，在這時候讓我感到強烈的安心。

「一定要去找他喔。」

久美冰透了的手用力握住我的手。

「一定要把妳的心意傳達給妳一直喜歡的那個人。我也跟妳一起去。」

「久美……」

「說好囉。快點結束這種儀式，我們明天一早就出發。」

久美強烈的感情化為隱約的熱度傳遞過來。就好像被溫暖的柔光籠罩般，我知道自己的心獲得了療癒。我們牽在一起的手心溫暖洋溢，胸口深處也湧出了滾滾的灼熱情感。我想，這應該就是勇氣。

「——嗯，好。我答應妳。」

我們以淚濕的眼神彼此點頭，緊緊相擁在一起。

迷惘徹底斬斷了。束縛著我的沉重陰鬱情感無聲無息地消散了。

我絕對不會認輸。我不會對這種儀式、對想要束縛我的自私惡意屈服。

我要解決這一切，去見尚人。

2

臉頰感覺到熱度，我將意識從黑暗中拉了回來。

朦朧浮現的世界，充滿了橘色的光。

「嗚……！」

燃燒的火炬就在我的臉旁發出劈啪爆裂聲。我忍不住背過臉，想要拉開距離，身體卻不聽使喚。往下一看，我發現自己的身體被麻繩般的東西綁在石燈籠上，失去了自由。即使扭動身體，石燈籠也不動如山，反而是後頸竄過一陣悶痛。我痛得呻吟，漸漸理解到這裡是葦原神社的境內，這時——

「你醒了嗎？」

微弱的聲音嚇了我一跳，視線轉過去一看，那那木就在不遠處，和我一樣被綁在石燈籠上。

「那那木先生，這是……」

我問，那那木難得露出沉痛的表情。看到他的表情，先前中斷的記憶慢慢地浮現出來。我們原本在拜殿後方的小建築物裡，說話說到一半，那那木突然打住，接著我的後頸受到重擊……

「被抓到了，是嗎？」

我發出死心般的呻吟。

「我原本要反抗，但對方人多勢眾，一眨眼就變成這樣了。」

那那木以遭到綁縛的姿勢聳了聳肩，自嘲地笑，但表情一點笑意也沒有。

「可惡，居然對我做出這種事，這村子的人到底在想什麼？我可是將來要背負日本文壇的男人啊！」

那那木以他而言難得地表露憤怒，放聲嚷嚷。比起自身的危險，他似乎對別人對他的態度更爲不滿。雖然覺得應該還有更重要的事要在乎，但平常那樣冷靜且面無表情的那那木竟表露感情，相當難得，因此我也沒有抬槓，在一旁看戲。

「是村人攻擊我們嗎？」

因爲從背後遭到攻擊，我沒有看見歹徒是誰。從狀況來看，顯然是村裡的人幹的，但我還是確定一下。

「沒錯，那個大塊頭，叫什麼去了？對了，叫隅田剛清的傢伙。他一擊就把你給打昏，和我上演了以血洗血的生死格鬥。只差一點我就可以擊垮他了，但村人一擁而上，害我功敗垂成。要是他們再少三個人——不，再少兩個人的話……」

先不論這話有多少眞實性，被那樣抓住的我們爲何被綁在這種地方，是目前最爲迫切的問題。

境內各處豎起火炬，沿著參道設置像展示架的階梯台。拜殿前方就是祭壇，上面陳列著我昏過去之前在那處建築物裡看到的各種祭祀道具。

雖然沒辦法看表，但應該就快午夜零時了。那麼，主祭就快開始了。我不明白的是，如此重要的場面，爲何我和那那木卻沒有被趕走，反而被強制帶到此地？

「爲什麼把我們綁在這裡？我們待在這種地方，不會妨礙他們嗎？」

我問那那木，立刻得到了令人意外的回答。

「這還用說嗎？是爲了接下來舉行的儀式需要。」

「需要我們？什麼意思？」

我不解其意地反問，這時背後傳來許多人吵吵鬧鬧的聲音。

我用力把頭扭過去看，發現大批村人從鳥居另一邊過來了。他們爬上階梯台，面對中央祭壇的方向坐下，就像在棒球場觀賽一樣。

他們的眼睛應該都看到我們了，卻不知爲何，沒有任何人表現出驚訝的樣子。從這一點可以看出，就像那那木說的，攻擊並束縛我們，是全村聯手的犯罪。

「已經醒了嗎？剛好，時間也差不多了。」

葦原辰吉裝模作樣地說著，來到我們面前。他穿著以白色統一的祭祀服裝，手上拿著布滿閃亮裝飾的錫杖般物品。比起神職人員，那身裝扮看起來更像天狗。

「辰吉先生，你們爲什麼要這麼做？」

我抗議地問，辰吉睜圓了眼睛，大聲笑了出來。聽到他的笑聲，村人當中也陸續傳出輕蔑的嗤笑。

「倉坂啊，你問這話是認眞的？你還不明白自己是什麼狀況嗎？」

內容固然也是，但說話的口氣、瞧不起我的目光等等，都與短短數小時前看到的慈祥老爺爺大相逕庭。

就彷彿隨著服裝變化，連人格都改變了一樣。

「你們要把我和那那木先生怎麼樣？」

「放心吧，不會殺了你們的。至少我們是不會。」

這說法意有所指。同時村人再次傳出下賤的笑聲。我轉頭望去，坐在階梯台最前排的剛清邪佞地笑著，睥睨著我。不遠處，也有達久和秀美的人影。每個人嘴唇都浮現冷笑，布滿血絲的眼睛詭異地閃爍著。

剛來到這村子時感覺到的悠閒溫暖，還有村民的親切善良，全都是刻意裝出來的假面具。一切都是爲了欺騙來自外地的我們而設下的圈套。我等於是毫不懷疑地相信了這些，著了他們的道。

接下來的儀式中，我和那那木會扮演什麼樣的角色？

——活人獻祭。

這個詞掠過腦際。難不成要把我們當成獻給泣女大人的供品嗎？在這個現代社會、在法治國家的日本，不可能容許這種事。因爲不管是歷史多麼悠久的習俗，放到現代來，就只是單純的殺人行爲。

我正自問自答著，忽然想起了一件事。

「有川……有川呢……？」

我因爲自顧不暇，完全忘了彌生。我和那那木進入密道時，她應該還在屋子裡，但現場沒看到她的人影。

我掃視擠滿階梯台的村人，尋找彌生的臉，厲聲喝問：

「你們把有川抓去哪裡了！回答我！」

即使我大聲喊叫，辰吉也完全不在乎，只是微微搖頭，不屑地說：

「沒有這個人。」

彷彿她從一開始就不存在。顯而易見，他根本不想理我。

一股不祥的預感湧上心頭，轉眼間便籠罩了我。

「難道她……」

已經被殺了嗎……？

我害怕明確地說出這個問題，在口中喃喃道。我的理智想要否定，卻怎麼也做不到。

因爲我覺得辰吉那句話已經道盡了一切。

「那小夜子……小夜子怎麼了？她沒事嗎？」

我抓住一線希望問，聲音抖到連自己都快笑出來了，結果辰吉的表情轉爲苦澀，別開了目光，彷彿這個問題本身骯髒到家。接著他赤裸裸地表露出嫌惡，嘆了一口氣。

「怎麼會……難道你們把小夜子……把她也……殺了嗎……？」

「不對，不是那樣。」

那那木插嘴了。

我驚訝地轉向他，那那木不知道怎麼看待自己的處境，他以無異於平常的冷靜，連大氣都不喘一下，滿不在乎地看著我。

「倉坂，你會沒有發現，也是難怪。因爲所有的一切都是他們的預謀安排，你從一開始就被騙了。」

「我被騙了？」

「沒錯，『從一開始』。」

那那木強調「從一開始」四個字。我完全不明白他的話中之意。困惑、焦急，其他種種感情在我內心起伏，那那木彷彿明瞭這一切，輕輕聳了聳肩，露出胸有成竹的笑容。

「一切都是爲了讓『泣女大人的儀式』成功。就爲了這個目的，這座村子的人大費周章布下陷阱，把你帶來這裡。然後主祭的前三天，都把你留在這座村子，不讓你逃走。你認爲他們爲什麼甚至要做到這種地步？」

那那木瞇起眼睛問。至於我，我拚命推敲他的問題含義，完全沒有餘裕回答。

「因爲他們需要你。今晚舉行的儀式，在巫女葦原小夜子心目中獨一無二的存在——倉坂尙人，是絕對不可或缺的要角。」

「那那木先生，這是什麼意思？你到底在說什麼……？」

我追問這番令人費解的話的眞意，辰吉卻打斷我厲聲大叫：

「閉嘴！少在那裡自以爲是。你又知道什麼了！」

「我已經知道一切了。不管是你們做了什麼，還是半年前村子裡發生了什麼事，甚至是你們接下來要做什麼，我都瞭若指掌。」

那那木凌厲的反駁削弱了辰吉的氣勢，辰吉喉間「咕」了一聲，默不作聲了。

那那木傲然地笑著，挑釁地繼續說下去：

「如果你不相信我的話，我可以現在說出來。毫不保留，說出一切。」

「你才不可能說得出來……！」

「我當然可以。我已經看穿一切——識破你們的計謀了。」

辰吉沒有說話，睜大了那雙眼睛凝視著那那木，就彷彿要看出他的話究竟是不是虛張聲勢，或是在唬人。

另一方面，那那木似乎把辰吉的沉默解讀爲肯定，簡短地說了聲「那麼」，以無法想像是遭到束縛的倨傲態度開始說明。

「首先就從『泣女大人的儀式』對稻守村是怎樣的祭祀這一點開始說明吧。」

那那木瞥了我一眼，停頓了一拍，進入正題。

「泣女大人這種狂暴的怪物，每天夜晚在村子裡遊蕩，攻擊遇到的人，挖出雙眼加以殺害。它的眞面目是個謎。唯一確定的是，它被祭祀在這座葦原神社，每二十三年舉行一次儀式來供奉、信仰。當初我對泣女大人的認識是這樣的，但嚴格地來說，這個認識是錯的。因爲這座神社裡什麼都沒有祭祀。沒有山神，也沒有土地神。從這個意義來說，這裡是一座『空的』的神社。這裡沒有神明，只有漫長歲月裡持續被封印的怪物。」

聽到那那木的話，辰吉又發出了呻吟。他的表情染上了驚愕，這種反應更增添了那那木所說的內容眞實性。

「每二十三年舉行一次儀式，鎭住泣女大人的習俗。更正確地說，也就是『爲了把泣女大人再封印二十三年，而舉行儀式』。」

懂嗎？那那木轉向我問。與其說是在要求回答，更像單純想看我的反應。

「這個儀式就具備這樣的特質。這座村子，就是背負著『必須持續封印泣女大人』的宿命的、被詛咒的村子。那麼，這個儀式是什麼樣的內容？村人都三緘其口，避免提到內容，不肯向我們透露。但是我們先前聽聞的情報當中，處處散落著它的線索。」

線索？我在腦中重複這兩個字，回想起泣女大人——那個白無垢打扮的怪物。

那那木就像搶先讀出了我的想法，以目光同意我。

「沒錯，就是白無垢。新娘外形的那東西，以怪物來說，實在是太奇特、太格格不入了。就算是我們以外的人，若是目擊到那模樣，任誰都會感到奇異，認為如果是挖人眼珠的怪物，就算一樣是穿白衣，也應該要穿白色的壽衣現身才對。

「不過，現今已成為新娘禮服的白無垢裝扮，其實也有著壽衣的一面。自古以來，結婚——或是婚禮儀式，就是新娘與過去的人生訣別，在嫁入的人家重生，是在這樣的概念下進行的。白無垢這身裝扮，就是為了在儀式中模擬死亡並重生的過程。女人在嫁入的家庭做為妻子、媳婦、母親，終了此生。與過去的自己訣別。是具有這樣的意義。」

那那木一口氣說到這裡，微微側頭說：

「如何？只要理解白無垢等於壽衣這樣的結構，對於怪物一身白無垢打扮這件事，也不會覺得有多奇怪了吧。那麼，下一個問題就是：為何被稱為泣女大人的怪物要打扮成那樣？既然都說到這裡了，也不需要多餘的解釋了吧。」

階梯台上的村人，還有站在祭壇前俯視著我和那那木的辰吉，他們沒有任何人開口，葦原神社境內被近乎詭異的沉默所籠罩。

「——難不成是『婚禮』嗎？」

雖然畏懼著靜默無聲的現場氛圍，我仍然開口說道。

那那木略略垂下目光，點了點頭。

「沒錯。泣女大人的儀式，也就是死者的婚禮儀式。」

辰吉依然沒有插嘴，悶聲不響。不知是否心理作用，他的臉色有些蒼白，但依舊凶狠。顯而易見，因爲事實就如同那那木所說的那樣，所以他們才會沉默，但他們愈是不作聲，感覺詭譎的氣氛就愈加陰暗、沉澱。

「自古以來，中國就有名爲『冥婚』的死者婚禮概念。日本的東北地方還留存著在繪

註一：繪馬爲奉獻給神社，以進行祈願的五角形木板，板上繪有馬匹圖樣。古時是使用活馬獻祭祈願，逐漸轉變爲以馬匹圖畫來取代。

註二：原文爲「ムカサリ絵馬」（MUKASARI-EMA），此處採音譯。慕卡撒里爲當地方言，爲「結婚」之意。

馬（註一）畫上死人婚禮景象的風俗，叫『慕卡撒里繪馬（註二）』。據說多半都是爲了希望年輕早夭的兒子能在另一個世界幸福而製作的。令人驚訝的是，甚至有專門製作這種繪馬的師傅。這些基本上是家屬爲了悼念早夭的孩子而進行的習俗，絕對不是爲了嚇人而做的，但近年來這個風俗也變得出名，甚至發展出新的怪談，說在繪馬畫上或寫上生者的形姿姓名，那個人就會被死者帶走。當然，這類傳說有許多版本，一般認爲，端看聽者如何解讀，怎麼說都通。地方流傳的古老風俗，只要端上檯面，受到矚目，立刻就會被廉價地誇張渲染，幕卡撒里繪馬就是個絕佳的例證。」

那那木自嘲地笑道，這時發現自己偏題了，清了清喉嚨，像要重新來過。

「這座村子舉行的儀式，看似也具有類似冥婚或慕卡撒里繪馬的性質，但根本之處卻是截然不同。這完全是我的假說，不過所謂『泣女大人的儀式』，也就是透過某種降靈術，讓靈附身在巫女身上，讓巫女與男方——也就是新郎角色的男子，舉行模擬婚禮。換句話說，是與死者靈魂的婚姻。」

說到這裡，那那木望向辰吉，他沒有否定，垂下目光。這是祕中之祕的稻守村祕祭的內容被揭露的瞬間。

「只要讓降至巫女身上的靈體驗婚禮，接下來二十三年，就能把靈封住，不會再發生作祟情事。二十三年後，再度讓靈體驗婚禮，再繼續封印二十三年。這便是『泣女大人的儀式』的全貌。泣女大人也就是會在一定的周期甦醒，重複經歷婚禮的幽魂。只要儀式順利結束，泣女大人就會脫離巫女的身體，移動到憑附的御神體上，安置在拜殿後方建築物的祭壇。」

我回想起昏迷前一刻看到的小屋中的祭壇。原本放置在變色的四方形位置的物品，就是那那木所說的御神體吧。

想到這裡，我用視線搜尋，辰吉卻立刻擋到祭壇前面。他那雙睥睨著我們的眼睛，現在已經不只是敵意，甚至浮現出畏懼。他們拚命隱瞞的事逐一被揭露開來了。就好似那那木宛如看透一切的發言化成了凶器，將辰吉與村人逼入絕境。

被常人完全無法想像的古老習俗所囚禁的這座村子，它的祕密被外來者那那木逐一攤開在陽光下。他的推測有豐富的知識及巧妙的洞察力背書，讓我感覺到某種宛如目睹魔術的驚異。

「看來我太小看你了。」

辰吉苦澀地咬牙說：

「沒錯，就像你說的，『泣女大人的儀式』就是讓泣女大人進入巫女的體內，成爲新娘，和安排好的新郎成親的儀式。」

「打扮成新娘的女子不稱爲新娘，而刻意稱爲巫女，這反映出泣女大人才是新娘的概念呢。另一方面，新郎則完全被視爲舞台裝置而已嗎？」

辰吉點點頭，視線緩緩投向黑夜。他的表情比他先前展現出來的任何神態都要空虛、乾涸，就彷彿欺騙、陷害我們的狡獪也完全銷聲匿跡，只剩下一個形同空殼的容器在那裡。

辰吉空洞的眼神望著無邊無際的黑暗，低聲斷續說了起來：

「這是我聽我的曾祖父說的，他說稻守祭最初的起源，是某個姑娘的不幸橫死。」

辰吉的視線轉向祭壇，盯著上面的一只小匣子。他剛才擋住我們的目光，試圖隱藏的，似乎就是那只小匣子。

「那個時候，村子遭遇前所未見的大饑荒。田地乾枯，作物死絕，由於歉收，糧食見底了。沒有體力的人開始死去，村子逐漸步向毀滅，村民只能坐等和村子同歸於盡。就在這時，一名行腳的祈禱師來到了稻守村。祈禱師對村民說，稻守山的山神很憤怒。並訓誡若是放任山神的憤怒不顧，村子只有毀滅一途。村人在祈禱師的教導下，決定將一對年輕男女奉獻給山神。當時的儀式內容，是祈禱師讓山神附身在姑娘身上，把青年當成新郎獻神。村人問，爲何要讓山神附在姑娘身上，祈禱師說自古以來，咸信山神就是女神。

「進行儀式，就能撫平山神的憤怒，讓村子恢復平靜。若是不知情的人聽到，或許會覺得這只是荒誕不經的迷信，但當時的人沒有其他活路了。他們認爲若是求神就可以免於餓死，便心甘情願地準備儀式。

「村中一對年輕男女被選爲巫女和新郎。兩人原本就是情人，祈禱師也保證由實際相愛的情人來舉行儀式，山神必定會更爲滿足。然而還沒舉行儀式，女方就先死了。女方原本就體弱多病，撐不過饑餓。父母可憐女兒，懇求祈禱師讓山神附身在死去的女兒身上。祈禱師拗不過父母的熱忱，答應了這個請求。沒想到扮演新郎的青年一看到姑娘死了，立刻搞上了其他姑娘。不僅如此，他還逃離村子，不願跟死去的姑娘成親。

「得知青年如此負心，姑娘遊蕩的幽魂大爲震怒，立刻化爲怨靈，攻擊村子。她附身在自己已經腐爛的肉身，成了每晚在村子裡四處爬行、尋找背叛自己的負心漢的泣女大人。」

說完漫長的往事，辰吉垮下肩膀，垂頭喪氣。他的表情染滿了深切的哀傷，就彷彿親眼目睹當時的景象。

「爲了鎮住化爲泣女大人的姑娘怨靈，祈禱師又另外挑選了兩名年輕人，舉行儀式。

傳說讓怨靈附身在活生生的姑娘身上，舉行婚禮後，憤怒的泣女大人的靈魂獲得了安寧。由於姑娘是在二十三歲的時候不幸喪命，因此此後這座村子每隔二十三年，就會舉行稱爲稻守祭的儀式。」

這就是現在泣女大人的儀式的經緯和起源。

聽完後，那那木再三點頭，深深嘆息，就像終於恍然大悟。

「每次儀式，就進入活生生的女子體內，進行婚禮。泣女大人的眞面目，就是死於非命的可悲女子的怨念呢。」

那那木的聲音雖然緊張，卻有些雀躍。是尋尋覓覓的眞相終於大白的興奮所致，還是他天生就熱愛這種可怕的情節？與蒐集怪異傳說的畢生職志那些無關，那那木悠志郎這個人，一定是從骨子裡最根本之處，渴求著這類可怕的故事與傳說吧。否則不可能像這樣被綁起來、連是否能看到明天的太陽都不曉得，卻還對怪物傳說聽得如痴如醉。

面對那那木那才是宛如被某種神祕事物附身般的異常表情，我打從心底感到畏怖。明明不冷，牙關卻合不攏，腦中甚至冒出到底該相信誰這個根本的疑問。半年前目睹儀式，驚駭地在森林裡四處奔逃的塚原藍子，想必身陷絕望的孤獨之中。而我現在就好似體會到部分那種孤獨。

在漫長的歲月裡，利用活生生的女子肉體，舉行假婚禮的鬼怪——泣女大人。

半年前的儀式，村人沒能順利鎮住泣女大人，壓制不了滾滾膨脹的怨念嗎？新娘打扮的泣女大人會在村子裡徘徊，是因爲儀式失敗的結果。那麼，今晚再度舉行儀式，就能鎮住泣女大人。

辰吉這些村人都深信這是最必須優先的事，毫不懷疑。也相信只要這麼做，村子就能恢復平靜。若是如此，這麼做才是正確的吧。

然而另一方面，我一直擔憂的疑問再次浮出腦海。

「如果剛才說的是眞的，那麼只要儀式順利，小夜子就不會有危險吧？」

「至少一直以來都是這樣吧。古時候似乎是當成眞正的婚禮舉行，但現在村中人口極端減少，找不到那麼剛好可以成親的男女。不知不覺間，儀式變化成適齡男女在儀式中扮演夫妻的形式，這也是很自然的事。該說慶幸嗎？對方並非神明。既然原本是人，就算是連哄帶騙，只要進行儀式，過去她都乖乖地被封印起來了。從這個意義來說，比起偏執難搞的神明，女人的怨念更明理懂事多了。然而半年前卻不順利。儀式因爲某些理由失敗，應該要被封住的泣女大人開始作亂。所以今晚才會再度舉行儀式，讓泣女大人再經歷一次婚禮，平息她的憤怒。只要儀式順利，稻守村應該就不會再陷入比現在更危險的狀況。」

我望向辰吉，他默默點頭，表示大致上就如同那那木所說。但我還是無法信服。我把身體往前伸，大聲說：

「過去這樣做是很順利，巫女也沒有遇到危險，但今晚要做的儀式和過去不同，對吧？」

我交互望著那那木和辰吉，更加重了逼問的語氣：

「過去的儀式，是把原本已經封印起來的泣女大人再封印二十三年，但這次狀況不同。泣女大人已經在村子裡遊蕩了，而且還殺了人。大友先生和塚原小姐，是不是也是慘死在那個怪物手中？」

明明不想這麼做，我卻大喊大叫，激動到不行。明明嚷嚷也不能如何，但我的忍耐已經瀕臨極限了。

「扮演巫女的小夜子，必須讓那個怪物進入體內。那樣做真的還能平安無事嗎？那麼可怕的東西居然要進入小夜子體內……」

光是想像，就全身毛骨悚然。

髒兮兮的白無垢、不自然地臃腫的雙手、潰爛掀開的皮膚、散發腐敗的惡臭，以緩慢的動作步步近逼的異形怪物。連地獄惡鬼聽了都要拔腿逃走的尖叫聲，只要聽過一次就完了，一輩子都無法逃離它的束縛。

不管回想起多少次，一樣會冒出雞皮疙瘩、渾身哆嗦。現在光是聽到泣女大人這個名號，都讓我魂飛魄散。如今仍縈迴在耳底不去的那叫聲，一定會折磨著我直到死亡。它絕不會允許我忘記。

就算聽到它原本是未能超度的人類亡魂，我也絲毫無法對它湧出同情或憐憫。不管任何人如何爲她說話，我都不可能接受泣女大人，也無法想要這麼去做。然而小夜子卻要以巫女的身分，不只是觸碰那東西，還要把它納入自己的體內，合而爲一。光是想到這裡，我都快吐出來了。

全身感受到強烈駭懼的同時，我深自懊悔。早知如此，我應該不管三七二十一，早點帶著小夜子逃走的。不管什麼人反對、妨礙，就算被惡狠狠地痛揍折磨，我也該強硬地帶著小夜子逃出村子。其他事，往後總有辦法。就算這座村子和泣女大人一起淪陷在永劫的黑暗之中，只要遠離這個是非之地就沒事了，不是嗎？

因爲我需要的只有小夜子一個人。

「求求你，取消儀式，放過小夜子吧！她不是你的孫女嗎？不是你的家人嗎？既然如此，不要讓她靠近那種可怕的東西吧！求求你、求求你……」

我拚命懇求，辰吉的表情就好像看到什麼詭異的東西，但立刻恢復冷硬的神情，眉毛挑都沒挑一下。

「門都沒有。」

不管我在這裡如何懇求，都絕對不可能扭轉辰吉的決心。他的語氣就是斬釘截鐵到足以讓我這麼想。

對我而言，這形同死刑宣告。我的全身逐漸虛脫，甚至覺得所有的一切都無所謂了。

我錯了。我做了錯誤的決定。來到村子之後的這幾天，我都毫無危機感，只是散漫地消磨時間，這樣的自己讓我打從心底憤恨到家。

我應該可以拯救小夜子的。我應該可以帶走小夜子，緊緊地抱住她，再也不讓她離開。然而一切都太遲了。我氣憤、洩氣，羞愧難當。不知不覺間，淚水不停地淌下來。

難道我必須在這裡眼睜睜看著小夜子和那個怪物合而爲一嗎？眞的可以允許這種事發生嗎？

我只能詛咒自己的無力，眼睜睜看著心愛的女子被醜惡的怪物吃掉，這樣的我比什麼都更教人詛咒。

我被絕望支配，再也無力振作，抽泣起來。

就在這時——

——噫啊啊啊啊啊……

那道叫聲不知從何處響了起來。

前來參加儀式的村人，每一個都驚愣顫抖，恐懼戰慄，全身僵硬。境內亮著許多火炬，以緋紅的火光照亮墨色的夜黑。然而相較於無邊無際的黑暗面積，火光實在是過於微渺，有太多光照不到的地方了。圍繞著我們的深邃黑暗中，泣女大人究竟會從哪個方向出現，實在無從預測。

沒有人說得出話，只是驚惶地東張西望，表情恐懼扭曲。就連體格魁梧的剛清，身體都縮小了一兩圈，害怕得像個孩子。

「……放開我。」

我擠出連自己都嚇到的低沉聲音說。

我左右扭動身體，不顧繩索陷入皮肉，死命掙扎。

「中止儀式，放開我！」

「不准。我說過，儀式一定要完成。」

「囉唆！放開我！讓我去小夜子那裡！」

我聲嘶力竭地大叫。但不管我發出再怎麼悲痛的呼喊，對辰吉或村人來說，似乎都毫無分量。他們完全不把我的傾訴放在眼裡，絲毫不為所動，辰吉更是轉身面對祭壇，開始唸誦起祝詞。他在杯中斟入神酒，逐一點亮祭壇上的蠟燭。

我仍叫個不停，不死心地拚命掙扎。繩索陷進皮肉裡，造成劇痛，但我不顧一切地大叫，叫到連痛覺都麻木了。涕淚縱橫地叫了一陣後，我精疲力盡，頹然俯首。儘管心胸被絕望壓垮，對小夜子的感情仍盤旋凝結其中。

「倉坂，你有點激動過頭了。冷靜一點。」

旁邊突然傳來聲音，我緩緩抬頭。

有些暈滲模糊的視野中，看見那那木臉上依然掛著自信十足的笑。

「你搞錯了一件事。」

「搞錯……？」

我重複道，那那木點了一下頭，接著說：

「大錯特錯。不，就是他們害你這樣誤會的，不過你也別再繼續受騙下去，差不多該清醒了。你該把焦點放在他們極力隱瞞的眞相，看清現實。」

「那那木先生，你在說什麼？我不懂——」

那那木搖頭打斷我的話，調皮的笑意驀地從嘴唇消失了。唐突地轉向我的凌厲表情，有著幾乎要看透對方內心每一個角落的魄力。被摸透一切，內心被剝得精光，就是這種感受嗎？

「我說，鬧劇結束了。倉坂，你現在一定感到強烈的後悔吧。你自責爲什麼不趁著這兩天的時間，強硬地帶著她逃跑，或質疑比起儀式，爲什麼自己不把前女友的安全放在第一，覺得自己應該有機會扭轉乾坤。」

被說中心聲，我一時不知該如何回話。

「你會這麼想也是當然的。你太愛她了，會自責也是難怪。但這一切都是錯覺。因爲在你來到這座村子的時候，就已經不可能拯救葦原小夜子了。不是你動作太慢的問題，而是根本沒有機會。」

「什麼……意思……？我……」

我原想說「不懂」，但把話嚥了回去。

沒錯，其實我也已經發現了。正因爲已經發現了，所以才害怕去面對。

「無論好壞，你很快就能見到葦原小夜子了。因爲沒有她這個巫女，就無法執行泣女大人的儀式。」

「那那木先生……」

停下來。不要再說下去了。

我機械性地不停搖頭，在心中懇求。

「可是，就算和前女友重逢，也不會變成你所希望的結果。因爲這就是你『誤會』的地方。」

我不要聽……住口……

「那那木先生！」

我的本能強烈地拒絕那那木接下來的話。但不管叫得再大聲，都無法堵住那那木的嘴巴。

「葦原小夜子不會在今晚的儀式犧牲。因爲她老早就已經淪爲儀式的犧牲者了。」

我再也說不出話來。在如同夢遊病患者般一片迷茫的意識當中，我只是聽著那那木的話。

「半年前的儀式以失敗收場，『降靈在葦原小夜子身上的泣女大人』未能被鎭住，甦醒過來了。爲了再次進行儀式，鎮住泣女大人，無論如何都需要你——倉坂。稻守村的人打算犧牲你，來封住失控的泣女大人。換句話說，你是今晚婚禮的新郎。新娘人選早就決定了，就是葦原小夜子，其他需要的，就只有她所『渴望』的新郎。這幾個月之間，村人殺紅了眼四處尋找爲了鎮住泣女大人所需要的新郎，終於找到了你。也就是葦原小夜子現在依然朝思暮想、魂牽夢縈的對象——倉坂尚人。」

就像要打斷那那木的話，響起的尖叫聲再次劃破夜黑。聲音比剛才更近了。近到彷彿伸手就能觸碰。

「你懂吧？倉坂。因爲你來到這裡，讓儀式的準備完滿了。接下來只等她到場，立刻就能進行儀式。村人相信只要有你在，這次她一定會接納泣女大人，讓儀式順利完成。他們把村子的未來寄託在你身上，認爲如果新郎是你，她應該也會心滿意足。」

那那木再次掃視周圍，環顧四下。是在尋找應該立即就會到來的「她」。

「其實你也早就發現了吧？」

那那木蛇一般狡滑的眼神貫穿了我。傲岸的臉上漾起賊笑，扭曲到了極點。他以極端冷靜，卻又冷酷透明的口氣說下去：

「發現那個怪物就是葦原小夜子。」

第七章

1

看見登上石階，現身境內的我，村人同時發出歡呼。

他們對著一身白無垢新娘裝扮的我鼓掌喝采。

「小夜子！好美啊！」

「小夜子！嫁給我！」

村人七嘴八舌地歡呼，其中也有人胡說八道，我保持矜持的笑容，沿著參道朝祭壇前進。

村人坐在階梯台上，最前排有姑姑和祖父的身影。我盡量不去意識，但視線仍有一瞬間與祖父交會，祖父滿臉驕傲地微微向我點頭。我的胸口微微熱了起來。

我來到擔任宮司的姑丈和新郎角色的柄千秦輔等待的祭壇前，抬頭挺胸，朝祭壇恭敬地行了個禮。站在近旁的柄千秦輔貪婪地看著我，但我刻意不與他對望。

「好美啊，小夜子。」

柄千完全不顧我的感受，肉麻地靠上來附耳說。他以爲說這種話，我就會開心歡笑嗎？

我決定徹底忽略他，等待儀式開始。

「現在舉行『降神儀式』。巫女和新郎請上前。」

這句話一出，村人的喧囂安靜下來，姑丈對著祭壇開始唱誦祝詞。我們的正面燃著篝火，火焰噴發出來的火星漫天飛舞。我漫不經心地看著火星飛上比墨色更濃的黑暗當中，舔了一下點上胭脂的嘴唇。

只要儀式結束就好了。接下來的事與我無關。村子會怎麼樣、葦原家和柄干家會怎麼樣，都不關我的事。

我朝旁邊瞥了一眼，和色咪咪地淫笑的柄干對上眼了。這個人打算在儀式結束後，找理由把我據爲己有，他的企圖洞若觀火。他會說什麼雖然只是形式，但我們畢竟舉行過婚禮啊，然後搬出兩家的交情，想方設法假戲眞做。

我絕對不會答應他的求婚。不管他說什麼，我都要貫徹堅毅的態度，讓儀式成功，然後立刻回到葦原家，和久美一起等到早上，天一亮就一起離開這座村子。

就在我內心堅定地鞏固決心時，裸露的後頸感覺到一股難以言喻的可怕觸感。

據說每二十三年只舉行一次的儀式。充斥著四周圍的祭祀道具、觀禮的村人，這些舞台裝置營造出來的神聖氛圍，卻不知爲何陡然爲之丕變。我感受到一股苦悶的重壓，彷彿不屬於這個世界的邪惡之物正要從黑暗中爬行而出，我渾身不舒服起來。

我四下掃視，想要尋找這股異樣感的來源，卻沒看到疑似的原因。姑丈還是一樣以一定的速度唸誦著祝詞，柄干也沒有奇怪的樣子。

這時，篝火毫無前兆地劇烈搖晃。這是個無風之夜，但火焰晃動的模樣，顯然是受到某些東西吹動。一陣腥暖的風不知從何而來，咻地造訪，腥甜的腐臭味摻雜其中，掠過鼻腔。

一陣強烈的嘔吐感讓我幾乎呻吟出來，皺起了眉頭。接著我想伸手摀嘴，這才發現了一件事：姑丈和柄干都沒有聞到這股臭味。

姑丈背對著我，我不知道他是什麼表情。但就站在我旁邊，百無聊賴地搖晃著身體的柄干絲毫沒有不舒服的樣子，滿不在乎。

爲什麼只有我聞到？我默默自問，同時視野角落瞥見了一樣東西。目光被吸引過去，看見擺在前方祭壇上的小匣子。

紅底黑紋的老匣子。我認得那匣子。

奶奶還在世的時候，我進去過拜殿後方的小房間一次。奶奶牽著我進去的那個地方，滿屋子都是新娘衣裳，如夢似幻。豪華絢爛、精巧細緻的和服及畫龍點睛的腰帶，還有髮簪、木梳等飾品小物，所有的一切都耀眼奪目，幼小的我看得都痴了。雖然奶奶同意我拿起來端詳，卻不許我佩戴上身。我問爲什麼，奶奶說：

「這些都是泣女大人的。」

泣女大人祭祀在房間深處小祭壇上的那個匣子裡。不曉得是多久以前的物品，它老舊得就像被世人所遺忘，感覺難以欺近。

我問裡面裝著什麼，奶奶表情有些寂寞地說「是御神體」。御神體，當時的我不懂這指的是什麼，只是模糊地覺得它令人敬畏，有種絕對不能觸碰的神聖感。然而同時我卻也感覺到強烈的悲傷，彷彿無處發洩的悲嘆被塞在其中一般，脆弱又虛渺。

那匣子再次出現在我的眼前了。更讓我感到異樣的是，匣子上有著大大的龜裂痕跡。我還看到邊角被壓扁了。不管再怎麼古老，如果破損得這麼嚴重，應該要換新的才對吧？而且安置御神體的匣子，怎麼會這麼簡慢地對待呢？我打從心底感到疑問。

就在這時，某種黑色的物體從匣子的龜裂爬行而出，如煙霧般裊裊升起。我吃了一驚，屏息看旁邊的柄干，他仍是先前那副德行，憋著哈欠。唸誦著祝詞的姑丈也沒有變化。

就在這時，自匣中溢出的黑煙般物體，觸手般的動作愈來愈活潑，朝我爬了過來。我嚇到甚至叫不出聲，僵在原地，於是黑色的物體無聲無息地朝我伸來，很快就抵達了我的腳。它以蛇般機敏的動作，一眨眼便鑽進了和服裙襬。

下一秒，腳踝感受到被揪住般的壓迫感。血液彷彿從腳尖開始流失，就像浸在冰水裡面一樣，逐漸變得麻木。

住手！放開我！

就算在心裡吶喊，狀況也沒有改變，冰冷的觸感反而不斷地爬上身來。從小腿到膝蓋、大腿、下半身，然後到肚子、胸口，轉眼間我的身體就遭到支配，五感被剝奪了。

不知不覺間，我全身冒出冷汗，不停地急促喘氣。

「怎麼了，小夜子？妳還好嗎……？」

姑丈察覺異狀，回頭訝異地看我的臉。我想開口說話，腦袋卻是一片空白，什麼都想不出來。這段期間，身體也越來越無法動彈。

「怎麼會這樣？御神體果然被玷污了嗎……？這樣下去……」

看見發生在我身上的異變，姑丈似乎想到了理由，呻吟似地喃喃自語，回頭望向階梯台。爺爺驚慌失措地站起來，周圍的村人發現狀況不對，鼓噪起來。爺爺衝過來，伸手想摸我，卻忽然發現什麼，收住了手。

「振作起來，小夜子。妳要專心接納泣女大人。」

「……我做不到……我……這……」

我的身體完全麻痺了，連話都說不好。連應該就在旁邊的爺爺的聲音都變得好遙遠，視野漸漸變得模糊。我站都站不住，終於跪倒在地。手腳已經失去感覺，渾身哆嗦，連牙關都合不攏。然而全身卻止不住地飆汗，難受到了極點。

鑽進體內的漆黑事物在我的皮膚底下爆炸性地增生，我只能異常鮮明地感受著這件事。要是直接放棄抵抗，立刻就能解脫了。我的理智理解，身體卻抗拒這麼做。

我的身體和本能強烈地抗拒著從匣子裡鑽出來的東西。

「小夜子！不行，妳要接受！不可以拒絕泣女大人！」

「做不……我……做不到！」

爺爺怒吼般的叫聲聽起來好遙遠，我用力左右搖頭。

不光是疼痛、苦悶而已。憤怒、憎恨、怨懟、悲傷，種種一切的感覺和感情在我的體內肆虐，化爲濁流鋪天蓋地而來。我發出不成聲的尖叫，瘋狂地持續抵抗那恐怖的事物。

「救救我……尚人……」

不知不覺間，我喊了出來。

逝去的昔日光景在眼底復甦，尋尋覓覓的他的臉出現在眼前，就在這瞬間，緊繃至極限的事物一口氣崩潰了。

下一秒，原本勒住全身的痛苦就像假的一樣，徹底消失。我從勒住身心的漆黑事物獲得釋放，模糊的視野徐徐變得鮮明。

「小夜子……妳……」

爺爺的臉霎時變得蒼白，失去血色。就連剛才還在憋哈欠、無聊兮兮的柄干，現在都張口結舌。

「妳怎麼……看妳幹了什麼好事！」

爺爺破口大罵。他的驚惶迅速傳播到村人之間，原本默默觀禮的人們，開始七嘴八舌地表達動搖、不安以及焦慮。

「失敗了，儀式失敗了！」

「村子會怎麼樣？泣女大人呢？」

「不得了了……從來沒有發生過這種事……」

村人鬧哄哄地叫囂著，焦慮與躁動轉眼間便感染了全場。用不了多久，轉化爲憤怒的感情矛頭便指向了我。

「小夜子，妳為什麼這麼做！為什麼要拒絕泣女大人！」

聽到這樣的責怪，我這才悟出自己放棄了巫女的職務。然而儘管焦急自己捅下了不得了的婁子，我卻也感到強烈的嫌惡。

彷彿四肢百骸被緊緊束縛的苦悶、五臟六腑被掐住般的痛苦，還有散播到全身每一個角落的壓倒性難受。那個邪惡的存在、死於非命的女子面目全非的靈魂殘渣，不光是肉體，連我的心都要吞噬殆盡。

我不可能將如此污穢的存在接納到自己的體內。同時我對逼迫我這麼做的眼前這些人，也感覺到強烈的嫌惡。

「我……」

我不知道該怎麼回答才好，只是結結巴巴，這時柄干落井下石地大聲嚷嚷起來：「跟我無關！都是她的錯！葦原家的女兒……她放棄巫女的職責！」

村人順著他的話，對我投以各種滿含怒氣的污言穢語。他們不堪入耳地唾罵放棄巫女職務的我，責備我不知羞恥，吼著要我負起責任。直到上一刻就像家人一樣親密的村人，現在卻群起圍攻，猛烈撻伐我。

無數張臉孔指著我大罵，毫不留情地怒吼。在其中，我看不到任何一張熟悉的臉。

「妳果然是哥哥的女兒，不該把這個任務交給妳的。」

姑姑咒罵我，毫不掩飾失望與憤恨。

「雖然她父親是稻守村的人，但終究是外人，扛不起這個大任。」

菊野老師氣憤地啐道。

其他還有許多狠毒的言詞攻擊著我。排山倒海而來的責備與冰冷的視線，讓我曝露在與剛才的痛苦截然不同的——更勝好幾倍的可怕惡意之中，我再也無法忍受，當場抱頭蹲了下來。

不要說了……不要說了……不要怪我！

即使在心中這麼吶喊，那些語言的暴力不僅沒有停歇，反而變得更加暴烈。不只是形諸言詞折磨著我，更化成看不見的利刃，伴隨著痛楚對我千刀萬剮。

我再也承受不住冷血無情的惡意，站了起來，不顧一切地發足狂奔。

「小夜子！站住，小夜子！」

背後傳來祖父的聲音，我跑過拜殿旁邊，沒有停留，衝進了森林裡面。我踩到沉甸甸的白無垢裙襬，好幾次差點跌倒，但我完全沒想到要去哪裡，只是埋頭拚命往前跑。就算跑到上氣不接下氣、心臟幾乎破裂，我也沒有停下腳步。我想要就這樣不斷地跑，不只是逃離儀式，更是要逃離這座村子。

我想要逃離延續了許多代，不斷上演的可憎宿命。

我不知道就這樣胡亂跑了多久。體力到達極限，被泥濘和雜草絆到，往前栽倒。我甚至無法撐地保護自己，直接一頭栽進積雪與泥土混合而成的泥濘裡。和服糊滿了泥巴，脫落的草鞋也不知道飛去哪裡了。我就這樣趴在地上，也不爬起來，忘了寒冷，不住抽泣。

哭了好一會後，我想稍微安慰一下淒慘的自己。

這三個星期以來，我為了這座村子，拚命努力。我進行祓禊，獻上祈禱，參加儀式。我並不是這座村子土生土長的村民，他們請我擔任巫女時，我也認為我不適任，想要拒絕。然而每個人都勸我、哄我，恭維諂媚，慫恿我答應下來。村人也輪番上門找我，執拗地求我。他們整個村子聯合起來，把巫女的任務推到我頭上。

一開始我當做沒這回事。我想得很簡單，覺得這件事與我無關。然而這樣的想法也漸漸動搖了。是我的內疚帶來了迷惘。

奶奶死後，我遠離了稻守村，或許我在無意識之間，覺得我拋棄了這座村子。在這裡享受快樂的時光，和期間限定的朋友嬉戲，盡情玩夠了之後，便拋下它撒手離去。對我來說，這村子是一年只來一次的遊樂場，但是對久美、柄干還有剛清來說，這裡是他們重要要的故鄉，也是往後將永遠生活下去的地方。他們會想要保護村子是理所當然的，遇到保護村子所必要的儀式，他們會卯足全力，亦是天經地義的心理。

我被他們的眞心所打動，也想爲村子貢獻一份心力。這是爲了我遺忘了稻守村好幾年的贖罪，也是對帶給我兒時快樂回憶的奶奶和這個村子報恩。

所以我才答應擔任巫女。然而，他們這是什麼態度？他們憑什麼這樣苛責我？憑什麼我非遇到這種事不可？

即使如此自問，冷冰冰的地上也找不到答案。我抬起淚濕的臉，慢吞吞地爬了起來。什麼都不想管了。離開這裡吧。我要去不會有人糟蹋我的地方。

逃離這座想要束縛我的可怕村子，去別的地方……

我用和服袖子抹了抹一片狼藉的臉，站了起來，這時右腳踝一陣劇痛。好像是跌倒的時候扭到了。提心吊膽地伸手一摸，腳踝腫脹到令人不敢置信。

「爛透了……」

我沒有對象地哀嘆著，想要理好凌亂的和服，卻忽然一驚。

收在和服懷裡的吊飾不見了。

「不見了……怎麼會……？」

我夢囈似地喃喃自語，凝神望向黑暗。我趴在地上，凍僵的手四處摸索。

沒有、沒有……到處都沒有。

我找了好一陣子，卻沒有成果。我四肢跪地，喪氣地垂下頭，正準備放棄時，抬頭一看，發現娃娃吊飾就勾在草叢深處不遠的細長樹枝上。

那是我和尚人唯一的回憶證明。

「太好了……」

似乎是跌倒時掉落，勾在那上面了。我鬆了一口氣，就要伸手，這才注意到前方就是一片陡坡。

腳下差點一滑，我反射性地抓住露出地面的樹根。

斜坡前方看不出有什麼。張開大口的漆黑洞穴彷彿永無止境，想到萬一掉下去會怎麼樣，我一陣心驚。

這次我小心翼翼地用力抓好附近的樹根，伸出手去。中指指甲好幾次就快要搆到，卻只差一步，沒有成功。

身體再往前探一點就碰到了。但我的身體沒辦法再伸出去更多了。

「拜託……再一點……」

只有它，我絕對不能遺失。它是我的寶物。是連繫尚人和我的最後的回憶。

我調整呼吸，硬著頭皮把身體往前探，就在這瞬間，撕裂周圍黑暗般的吼叫聲鑽進耳中。宛如被憤怒支配的駭人吼叫、發自地獄深淵的亡者怨嘆般的聲音，層層疊疊地迴響著。是村人呼喊我的聲音。他們充滿憎恨的表情掠過腦海，我的身體反射性地僵住了。因為這樣，專注在指尖的意識一下子渙散了。

「啊……！」

抓住樹根的手一滑。我反射性地撈住吊飾，擁入胸懷，一陣浮遊感之後，身體在斜坡上激烈地碰撞，朝下滾落。

肩膀、手臂、腳、腰，身體各處爆出劇痛，最後頭部一記沉重的撞擊，我的意識一眨眼便落入了黑暗。

◆

我不知道這是在做夢，還是幻覺，但我的意識跳躍到非現實的地方了。

此地以外的某處。當下以外的某一刻。

那一定是我封入心底深處的記憶。

永遠不願再想起的記憶——

——我們結束吧。

——等、等一下。我不是說過好幾次了嗎？狹間同學的事是誤會。尙人，你不是說你相信我嗎？

我懇求地說，握住他的手。

然而我的手卻被冷冷地甩開，回過頭來的尙人，用我從來沒見過的可怕表情瞪著我。

——不光是他的事而已。怎麼說，我已經累了……

——累了？什麼意思？

——總之，我們分了吧。

——爲什麼？怎麼會這樣？告訴我啊！

我追問不休，尙人露骨地擺出厭煩的臉，嘆了一口氣。

這是他眞的不耐煩的時候的表情。我連忙戒備，但慢了一拍。右眼周圍一陣衝擊，回過神的時候，我人已經一屁股跌坐在地上。

——哪有什麼為什麼？妳煩不煩啊？說一句妳就頂一句，有完沒完？眞是夠了！

——對、對不起。就是呢，我眞的太煩了。可是我……

抬頭的瞬間，這次一記飛踢踹過來。我反射性地用雙手護臉。這次來得及了。要是再慢上一拍，就直擊鼻梁了。

然而還是無法完全抵消衝擊，我向後倒去，後腦硬生生撞在床沿。我痛到脖子到背部整個麻痺，眼前金星亂爆。

——可是妳個頭！啊，受不了，妳眞的煩死人了。

——對不起……對不起……

尙人厭惡地再三嘆氣，掏出香菸點火。

——你無論如何都要跟我分手嗎？

我對著邊抖腳邊吐出白煙的背影問，尙人看也不看我這裡。平常的話，拳打腳踢一陣之後，他就會對我很溫柔，今天卻不是這樣。

——你在跟陽子交往嗎？

尙人定格了。他轉向我這裡時，我反射性地蹲了下來。

然而這次沒有挨揍。尙人微低著頭，兩眼垂視，吐出煙之後，把菸蒂捺熄在菸灰缸裡。

——不關妳的事吧？

——呃，等一下，等一下啊！

尚人單方面地結束話題，就要離開，我追上去懇求。

事到如今，當時說了什麼我也不記得了，但我應該說了許多要是別人聽到，一定會忍俊不禁的可悲言詞。

——放手！要我說幾次妳才懂？妳就是這種地方教人受不了！我已經受夠妳了！

——不要，我不要！我不要分手！欸，等一下，等……

——叫妳放手！

我抓住想要前往玄關的尚人的書包，還想繼續挽留他，卻被他回身猛力一推。我難看地摔倒在地，斷掉的鍊子和小狗娃娃滾過眼前。

——唉，斷掉了。

尚人沒什麼感慨地喃喃說道。

——對不起，我馬上修好。沒事的，沒事的……

我立刻把娃娃撿起來，手伸向尚人的書包，卻被響亮地一拍，打掉了。

——我不要了。

尙人以幾乎可以說毫無感情的聲音決絕地說。

——可是，這是我們兩個第一次約會的時候買的啊！喏，在ＪＲ塔的商店買的，你還記得吧？跟我的是一對，我一直很珍惜。

——所以我才不要。只是妳自己想買罷了吧？

——尙人……

尙人瞥了一眼驚愕的我，再次厭煩地板起面孔。

——我說過很多次了，妳這種地方太煩了，我已經奉陪不下去了。

這就是我聽見的，尙人所說的最後一句話。

尙人看也不看留在我手中的娃娃，離開房間。

離開了我。

自從那天以來，我的心便開了個大洞。這個大洞沒有被塡滿，都過了六年，現在我依然渴望著他。

別人我都不要，只要他。

只要尙人。

◆

清醒過來時，我人在神社境內。

祭壇前鋪上了白布，我躺在上面。即使想要起身，身體也不聽使喚，只是稍微扭動一下，銳利的痛楚就流竄全身。

新娘衣裳沾滿了污泥，到處滲血。裸露的左手，肘部刺出白色的骨頭，右手無名指和小指朝不正常的方向彎折。

「啊……啊啊……」

我甚至尖叫不出來，只發出微弱的聲音。久美似乎發現為了自己的慘狀戰慄不已的我，從旁邊探頭過來。

「小夜子，妳還好嗎……？」

久美一如往常的熟悉聲音，讓我打從心底放下心來。眼頭一陣灼熱，淚珠撲簌簌滾下來。

「好痛……久美……救我……」

「對啊，一定很痛呢。可憐的小夜子，已經沒事了。」

久美溫柔地擦拭我的臉頰。白色的手帕一眨眼就染紅了。

「帶我……去醫院……」

不待我說完，久美便頻頻點頭：

「嗯、嗯，好。儀式很快就可以重新開始了，等儀式順利結束，馬上就帶妳去看醫生。」

「……咦？」

感覺體溫陡然下降了。

久美俯視著凍結了一般沉默不語的我，臉上依然掛著笑，柔聲勸誡似地說：

「只要儀式結束，妳就可以自由了，所以再加把勁吧。」

「久美……妳在說什麼……？」

「就是啊，身體都變成那樣了，得快點結束才行呢。」

久美旁邊，姑姑一樣探頭看著我，臉上掛著如常的笑。可是，她說的話實在太不合理了。

這種狀況……我都受了這麼重的傷，卻還要逼我進行儀式？

也不替我包紮治療，放在這種地方，叫我在這種狀態，再次讓那東西進入體內……？我鞭策著疼痛的身體，轉動視線，只看到一排村人無機質的面孔。沒有半個人爲我擔心，每個人都期待儀式重啓。

「達久，繼續進行『降神儀式』。」

毫無感情的乾燥聲音響起，姑丈再次唱誦起祝詞。

「不……不要……住手……」

我擠出聲音哀訴，卻沒有人願意聆聽。流出來的血滲透和服，一眨眼便擴散開來，將布料染成一片漆黑。

不快點止血，我眞的會死掉。

「救我……」

我滿懷祈求地望過去，但久美和姑姑看也不看我，頂著一切感情全部脫落的面具般臉孔，直盯著祭壇。不遠處，柄干秦輔額頭佈滿汗珠，微微顫抖著。

姑丈的祝詞引發了反應，就和剛才一樣，收著御神體的小匣子爬出宛如黑煙的東西來了。飄浮在半空中的那東西緩緩地逼近過來。

「不……不要啊……」

即使想要逃離、想要抵抗，也沒有一樣是我做得到的。黑暗冰冷的事物朝著動彈不得的我的身體，大舉侵攻進來。

彷彿每一個細胞都被嚙咬下來般的銳利痛楚斷續持續著，我的身體劇烈地痙攣。我可以明確地知覺到，有東西從指尖和腳尖以驚人的聲勢侵蝕進來，瘋狂地啃噬我的身體。

我的身體一眨眼便失去了自由，連最後剩餘的意識都被徐徐侵蝕。

——爲什麼我會遇到這種事？

我在朦朧的意識中自問。

——沒有人爲我著想，也不肯伸出援手。每個人都只顧自己。

在逐漸稀釋的意識中，滾滾沸騰湧出的，是令人難耐的憤怒。是想要毫不留情地將映入眼中的一切燒燬殆盡的壓倒性憤怒。

——不可原諒，每個人都不可原諒！

與意識無關，我緩緩地撐起了身體。剛才感受到的撕心裂肺的痛楚，已經不知道消失到何處了。

久美和姑姑「噫！」地尖叫，滿臉驚愕地往後退。

——好恨……好恨……我不會放過你們……

詛咒的話語在腦中盤旋。彷彿被此觸發，憤怒、憎恨無止盡地湧上心頭。

——爲什麼……？爲什麼沒有人肯救我……？

看見站起來的我，村人陷入嘩然。他們異口同聲地表達驚愕與不知所措，亂成一團，我對著他們，放聲嘶吼。那宛如發自靈魂的吶喊，乘載了累積再累積的憤怒。

他們全都啞然失聲，彷彿看到不可置信的東西般凝視著我，其中甚至有人當場昏厥倒地。

——爲什麼你不肯來……？

姑丈忘了唸誦祝詞，雙腿一軟，癱坐在地。祖父失魂落魄地站在原地，同樣以驚愕的眼神看著我。

「難不成……泣女大人……」

爺爺說了這幾個字，再也說不出話來，陷入沉默。

在場每一個人都以畏懼的眼神看著我。明明剛才還瞧不起我、冷血無情地咒罵我，現在卻害怕我，嚇到連跑都沒法跑，只能瑟瑟發抖。

——爲什麼？爲什麼？

即使想問，也說不出話來。想要開口，分不出是血液還是胃液的液體便從口中汩汩溢出，沿著下巴流淌而下。

「噫呀啊啊啊啊啊！」

柄干唐突地大喊。他指著我，不停地大叫：「怪物！怪物啊！」

——怪物？我嗎？

不只是柄干，包括久美、姑姑和姑丈在內的每一個村人，都用染滿了懼色的眼神注視著我。

——不要看！不要看我！

我再次大叫。完全不像自己發出來的駭人尖叫聲在夜黑中轟響。

——不要看！

我反覆尖叫。

——不要看不要看不要看不要看不要看不要看不要看不要看不要看不要看不要看不要看不要看不要……

——不要看我！

有什麼決定性的事物綳斷了。

我的指頭按在自己的眼皮上，就這樣使勁將指尖插進眼皮裡，很快地，眼皮破裂，隨著濕滑的觸感，指頭碰到了眼球。第二、第三關節繼續深入，眼周的皮膚被撕裂，變形伸展開來。就像要撬開眼窩般推擠擴張，抓住眼球並扯出來。隨著視神經被抽出的拉伸感，我的雙眼被挖出來了。

——這樣就不用被看到了。也不用再看到任何人了。那些充滿惡意的臉、害怕我的眼神也都再見了。沒錯，再也……

「哇啊啊啊啊！怪物！」

近旁傳來吵鬧聲。雖然不知道是誰的聲音，但總之吵死了。我丟下挖出來的自己的眼珠，抓住鬼叫的那個人。

「住手！放開……放開我……噫啊啊啊！」

——吵死了，安靜點！

那個人在我的手中發出淒厲的叫聲，我也對他放聲大吼。雖然好像無法構成話語，但下一秒，那個人就像個人偶般安靜下來了。

我叫了一陣，把那個人的雙眼挖了出來。那個人在劇痛與恐懼侵襲下，發出意義不明的嚷嚷聲，滿地打滾。

我唐突地想起小時候，這個村子的男孩會像這樣抓住青蛙，虐待牠們。青蛙被男孩凌虐，砸在柏油路上，內臟從肚腹裡掉了出來。

過去令我嫌惡皺眉的那景象，現在卻不知何故，莫名地令人憐愛。

「住手……救命……噫噫噫噫……」

我扯開夢囈般呻吟的那個人的衣物，雙手插進裸露的肚皮。

「嘎啊噢噢嘎咕咕………」

扯開皮肉，強硬地掰開，打開一個大洞。

隨著潮濕的觸感，我拉出他的內臟。一口咬住又濕又暖、散發嗆鼻血腥味的臟器，這瞬間，我陷入難以言喻的恍惚之中。

我渾然忘我地大啖男人的肉體。他被我壓在身下，甚至無法昏厥過去，氣若游絲地發出嗚嗚啊啊的微弱呻吟。

不，不對。這是青蛙。是四肢被扯下來，砸在地上，內臟噴散一地，仍不肯放棄那渺小生命的可悲青蛙。

我隨手扯下抓到的腸子，塞進嘴裡咀嚼。

在強烈的食欲驅使下，我一心一意地飽啖男子。

每吃一口血腥溫熱的「青蛙內臟」，陶醉的滿足便充滿了我。

——啊，好好吃……

2

「你說那個怪物……是小夜子……？」

我重複那那木的話，卻無法正確理解它的意義。那那木難得表情沉痛地看著啞然的我。

「什麼意思……？可是……那個白無垢打扮的怪物是泣女大人吧？」

「對，沒錯。」那那木肯定。

「那怎麼可能會是小夜子！」

我幾乎是無意識地大罵。

「小夜子一直關在葦原家的小屋裡，辰吉先生說是爲了儀式而閉關祓禊……」

我朝辰吉投以質問的視線，辰吉的臉苦澀扭曲，倏地轉身背對我。對著他的背影，我有股想要大喊「你爲什麼不否定」的強烈衝動，但那那木接下來的話打斷了我。

「所以我才說你誤會了。你還有我們來到這裡時，葦原小夜子已經不在那間小屋了。」

「不可能，這絕對不可能。那那木先生，誤會的人是你，因爲小夜子——」

「——不，就是這樣。」

熟悉的聲音冷酷地打斷了完全方寸大亂的我。

我驚訝地把視線轉向周圍，拜殿後方出現一名女子。

「當然，也不是他誤會了。」

有川彌生以淡漠的口吻說。

「有川……原來妳……還活著……？」

「當然啦。」

彌生掩嘴笑了出來，就好像還搞不清楚狀況的我讓她滑稽到不行。然而她的笑容絕對稱不上爽朗，充滿了輕蔑與嘲笑。

「可是剛才……」

我朝辰吉投以疑問的眼神，辰吉回頭看我，嘴唇邪惡地扭曲，浮現惡意的笑。

「有誰說把她殺了嗎？我只是說沒有這個人而已。」

辰吉嘲笑，彌生也一起哈哈大笑起來。她的眼神仍充滿了輕蔑與嫌惡，露骨地瞧不起我。就好像有個長得和彌生一模一樣的另一個人，對我表現出赤裸裸的敵意，毫不留情地嘲笑我。

彌生還活著。我一直以爲她已經被村人抓起來殺害了。但是看看現身的彌生，她身上別說明顯的傷了，根本是毫髮無傷。我爲她平安無事而放心，同時卻也感到強烈的異樣，無法打從心底爲這件事欣喜。我無法解開亂成一團的思緒，被強烈的挫敗感擊垮，只能像乞食的雛鳥一樣看向那那木。

那那木看到彌生，也難掩驚訝，但並未像我這樣思考當機，反而是一再點頭，彷彿恍然大悟。

「原來如此，我本來還在懷疑，原來眞是這麼一回事。」

「那那木先生，我已經完全糊塗了。這到底是什麼狀況？」

我已經放棄思考了，直接發問，等待那那木告訴我解惑的答案。

「倉坂，你還不懂嗎？『從一開始』就根本沒有有川彌生這個人。」

頻頻抿嘴笑著的彌生彷彿看不下去地開口說。

「妳說什麼……？」

「眞是有夠遲鈍。你想想看，是誰把你帶來這裡的？是誰說小夜子遇到危險，找上你，假意憂心，引起你的關心？來到這座村子以後，是誰聽到小夜子平安無事，也不肯罷休，吵著非要親眼看到她，否則絕不回去的？」

不勞挖掘記憶，答案就擺在眼前。

「是妳，都是妳啊！因爲妳來找我，所以我們才像這樣……」

「沒錯，都是我。可是我從一開始就知道了。我知道泣女大人的儀式是怎樣的內容，也知道小夜子根本不在小屋裡——」

彌生暫時打住，望向周圍的森林。

「——也知道小夜子變成那副淒慘的模樣，每天夜晚在這座村子裡遊蕩。」

彌生就像要望進黑暗的更深處，百感交集地說。看著她那副模樣，來到稻守村第一天的事在腦中復甦，我醒悟到一件事。

那天深夜我在屋子裡看到穿白色和服的女子，追著人影來到葦原神社。當時我遇到聲稱尾隨外出的我的彌生，但那是徹頭徹尾的謊言。她根本不是追著我來的，而是看透了「我會追來」，在那裡埋伏我。

「那個穿白色和服的女人就是妳。妳在衣服外面披上和服，故意讓我看見。妳爲什麼要這麼做？」

彌生滿不在乎地點點頭。

「當然是爲了讓你相信小夜子在村子裡。這番努力很令人感動，對吧？不過第二天晚上被你看到，完全是巧合。沒發現被你看到，跑進地下通道，是我疏忽大意了。」

彌生有些自嘲地哼了一聲。

「這一切都是爲了讓你相信小夜子還活著。我認爲只要讓你瞥見人影，你思念她的情緒也會愈來愈強烈，可以把你留在村子裡。看我爲了這個目的，做了多大的犧牲啊！」

我做夢都沒想到，從頭到尾我都是照著他們的劇本走。

「對了，我也不是完全沒有失算之處。喏，來到村子的第一天晚上，我跟你在這裡說話的時候，泣女大人不是跑到附近來了嗎？那時候我也被嚇到魂飛魄散。萬一被抓到，我們兩個早就當場慘死了。眞是千鈞一髮啊。」

當時彌生摀住我的嘴巴，拚命叫我不要出聲。如果是要躲避追捕，第一件事應該要把躲進拜殿地板下時遺落的手電筒撿起來才對，然而彌生卻沒有這麼做，因爲她知道不出聲才是正確的應對之道。

「因爲一些理由，泣女大人眼睛看不到。所以只要不發出聲音，就不會被她抓到。只要是村人，應該都知道這件事，可是川沿先生卻沒能躲過一劫，或許是因爲他嚇到不小心尖叫了吧。所以才會淪落到那種下場。」

彌生以不怎麼遺憾的口吻說。

「妳早就知道一切……妳從一開始就在騙我……？」

彌生俯視著憤慨的我，表情完全看不出過去相處時多次感受到的溫柔。她的臉就和坐在階梯台上旁觀的村人一樣，感情麻木，宛如面具。

這讓我強烈地感受到詭異的恐怖，我忍不住問：

「妳不是彌生……不是彌生。那麼妳……到底是誰……？」

彌生沒有立刻回答，打從心底愉悅地看著被絕望壓垮的我。不僅如此，那張臉上還掛滿了殘虐的笑容，就像正研究著各種手段，策畫要如何更進一步逼迫我。

「——葦原久美。」

那那木忽然從一旁開口。他沒有被現場的氛圍懾住，以利刃般鋒利的眼神盯著彌生。

「和扮演巫女的葦原小夜子一起在小屋生活起居的葦原辰吉的孫女，那就是妳，對吧？」

「呵呵，被你猜中了。你與其說是恐怖小說家，更像個偵探呢。」

彌生——不，久美以嘲諷的口吻說道，冷哼一聲。

葦原久美，這才是她眞正的名字——我這麼告訴自己，重新端詳這個女人。得知事實後，我有了一種她的名字總算和臉搭在一起的奇妙感受，比起驚訝，更先感到茅塞頓開。

「原來如此，眞是巧妙。葦原小夜子失聯也不是三個星期以前，而是半年前的事呢。半年前儀式失敗，緊接著與泣女大人同化的葦原小夜子開始在這座村子遊蕩。這個突然出現在安靜農村的怪物，肯定相當肆無忌憚。除了川沿以外，是不是還有許多沒告訴我們的村人犧牲了？」

那那木幾乎是斷定地說，久美沉默不語。這顯然是肯定。我聽著兩人說話，又想到了某件事。

白天在河邊看到的幾名村人。他們沒有開心地參加祭典，而是將手工木船放入河中，虔誠地合掌祭拜。那景象讓我聯想到放水燈，不過那應該就是在弔祭死者吧？

也就是說，寫在燈籠上的名字，就是這半年來慘死於泣女大人魔爪之下的村人。會在大白天放水燈，也是因為知道入夜以後，泣女大人就會在村子裡遊蕩。泣女大人的可怕，以家人之死的形式讓他們刻骨銘心。

我這麼理解後，專心聆聽著那那木的話。

「若不設法，村子會被毀掉。但就算找來祈禱師或靈媒，也不一定對抗得了泣女大人。所以你們決定再舉行一次儀式。只要這次沒有失敗，成功進行婚禮，讓泣女大人滿意，就能再把她封印個二十三年。但儀式需要新郎。上回的儀式，新郎應該沒能發揮作用。這件事也是失敗的主因之一。」

「對，你說得沒錯。」

久美沒有否定，點了點頭。

「小夜子不喜歡柄干秦輔。如果巫女和新郎之間有某些感情連結，新郎就能扶持巫女不穩定的精神，減輕她的負擔。但柄干秦輔對小夜子來說，不是能信賴的人。當然，失敗的原因不只如此。最大的原因，還是外地來的記者和女攝影師。都是他們，把一切全搞砸了。」

久美憤恨地說，咬牙切齒。

「是在說大友先生和塚原小姐吧。」那那木說。

「沒錯。」久美點頭，表情歷歷在目地浮現出無法掩飾的怒意。

「看我們沒特別禁止，那兩個人就厚著臉皮在村子裡任意走動，四處亂挖，最後甚至還想拿出御神體。是我爸連忙制止，御神體才沒被他們偷走，但因爲御神體受到了損傷，才導致泣女大人的狀態變得不穩定。」

「應該在匣子裡安眠的泣女大人，沾染了不淨之氣吧。因此對儀式造成了不良影響。夾雜了污穢的泣女大人沒辦法順利與葦原小夜子共鳴融合，是嗎？」

那那木流暢地說出當時的狀況，彷彿他親見一般。沒有任何人插嘴，表示大抵上都被他說中了。

「要是沒發生那件事，儀式早就順利成功了。小夜子責任感很強，不管新郎是柄干還是誰，她一定都能做好儀式。然而她卻失敗了，這都是污損了御神體的那兩個人害的。只要他們沒有來，根本就不會發生這種事！」

久美大叫，白皙的臉像厲鬼般扭曲。她咬住下唇，用顫抖的拳頭朝自己的大腿捶了好幾下。

「所以你們才殺了他們嗎？」

那那木這唐突且出人意表的話，讓我倒抽了一口氣。至於久美，她的嘴唇咧成弦月狀，漾起獵奇的笑容。

「沒錯，我們制裁了他們。那個女的跑掉了，但我們逮到了她，把她宰掉了。可是就算這麼做，也無濟於事。死掉的村人不會復生，而且都過了半年，現在我們還是沒辦法讓小夜子解脫！」

久美再次厲聲大叫。站在她的立場，什麼都不知道的外人出於好奇毀掉了儀式，她的憤怒或許是理直氣壯。她會那樣提防那那木和佐沼，露骨地表現出嫌惡，也是出於這樣的理由。

「儀式失敗，小夜子殺了柄干秦輔。一切都發生在一眨眼之間，每個人都不曉得發生了什麼事，只是傻在原地，但我第一個衝到關在拜殿裡的那兩個外地人那裡，把男的給殺了。」

久美那雙大眼布滿血絲，幾乎完全充血，清秀的臉蛋扭曲變形，喉嚨深處不停地發出抽搐般的聲音。

她是在笑。回想起殺人的觸感，她笑了起來。在我面前的是一個殺人魔，已經不是我所認識的有川彌生了。

「我在殺那個男人的時候，女人跑掉了，所以我們全村一起搜山。雖然一度追丟了人，但馬上就逮到她了，用柴刀把嘰嘰亂叫的那女人的頭給砍了下來。」

久美的笑容更加蠱惑地扭曲了。喜孜孜地說完殺害塚原藍子的事實後，她的表情突然轉爲苦澀，嘖了一聲。

「但我沒想到她居然把影片上傳到網路上了。結果引來了多餘的人。」

久美投來蛇蠍般的眼神，但那那木完全不爲所動。他只是不住點頭，就像爲逐一揭露的事實感動不已。

久美凝視著那那木，就像要把他瞪出洞來，卻忽然移開了視線。她調勻呼吸，暫時卸下被憤怒支配的表情，繼續說下去：

「我得聲明，我不覺得殺了他們有什麼錯。村子裡每個人也都這麼想。因爲追根究柢，都是他們把整座村子搞得天翻地覆，就算殺了他們也不夠賠。」

「就算是這樣，群起圍攻，動用私刑也是不允許的事。妳的意思是，只要是爲了村子，就算殺人也在所不惜？」

久美沒有回答。她的反應就像在說爭論這些太可笑了。

「……佐沼先生也是妳殺的嗎？」

我把浮現腦中最糟糕的猜測說出來。久美聳了聳肩，甚至沒有隱瞞的樣子，裝模作樣地點點頭：

「沒錯，是我殺的。你們在房間說話的時候，我利用那條地下通道來到境內，接近剛好在拜殿四處調查的那傢伙。他就算看到我，也完全不設防。我用刀子刺他，每刺一下，他就像豬一樣哭喊，還求我饒命，說他不敢再調查了，會立刻離開村子。早知如此，根本不要來就好了，眞是有夠白痴。最後他還罵我殺人魔、瘋婆子，眞的把我氣到了，所以我盡其所能地先把他折磨過一頓，最後才殺了他。」

不只是兩名男女，就連殺害佐沼的事，久美都神氣活現地講述過程，彷彿她是在替天行道，宣示她的行爲是純然的正義。她驕傲的聲音在夜黑之中高聲迴響著。

我打從心底感到恐怖。就算是爲了村子，久美居然染指殺人，而且毫不後悔地大笑，還有村人明知道這些事，卻不僅沒有責備她，還跟著她一起隱瞞犯罪，這些人讓我害怕得不得了。

全都瘋了。就在這一刻，我一清二楚地認識到這座村子不折不扣，根本就是化外魔境。

「不可原諒……做出這種事，不可能被容許。」

「不，不可原諒的是你們。從那之後，我們每天晚上都活在死亡陰影的恐懼當中。每天晚上聽著那尖叫聲入睡，害怕著天亮之後又會看到誰的屍體，這是人過的生活嗎！在這樣的鄉下地方，每一個村人都形同家人。處在失去家人的恐懼之中，時時刻刻都在害怕，這樣的每一天有多苦，你們懂嗎？」

久美把身體朝我探過來，彷彿隨時都要張牙舞爪撲上來。她在鼻頭幾乎相觸的距離瞪著我，失去光芒的雙眼大睜著。

「一定不懂吧。那個叫佐沼的也是，直到最後都擺出一副被害者的嘴臉，到底有沒有搞錯啊？」

久美毫不隱藏嫌惡，不屑地說：

「算了，我們也不想要別人理解，現在再說這些，死人也不會復生，對吧？所以這些事情，想了也是白想。」

久美誇張地攤開雙手，以搞笑的動作歪了歪頭。

這時，晃眼而過的一瞬間，我覺得似乎在應該是冷血殺人魔的久美表情中窺見了深切的哀傷，或類似遺恨的感情。難道她在這半年間，有重要的人死於小夜子之手嗎？因為失去了無可取代的人，那種失落與悲痛更加深了她的憤怒，讓她做出這種喪心病狂的言行嗎？

我不合時宜地想著這種事，差點無意識地對她產生同情。

「總之，必須盡快重新舉行儀式。首先必要的就是新郎。但村子裡沒有人願意甘冒危險，扮演這個角色，也沒有人敢說到底誰才適任。這也是當然的。就算再次舉行儀式，如果小夜子不中意新郎，儀式也不可能成功。因此在挑選新郎這方面，這次我們非常謹慎。」

這時久美輕嘆了一口氣。

「除此之外，我們也思考了小夜子可能喜歡的對象。」

她朝我投來憂愁的眼神。

「然後倉坂雀屏中選了？」

那那木詢問，久美點了點頭，再次瞪著我。

「我知道你是個會滿不在乎打女人的人渣，但怎麼樣都忘不了你的小夜子的心情，我也能痛切地理解。所以我不得不同意，再也沒有比你更適合擔任新郎的人選了。」

久美清秀的臉充滿了對我的嫌惡，彷彿在說她無法原諒小夜子愛著我的事實。

「跟你相處在一起，讓我痛苦到不行。我無數次在內心唾罵，明明那樣甩了人家，你有什麼臉來找小夜子？要不是這種狀況，我早就殺了你了。」

久美眼中帶著冰冷到了極點的感情俯視著我。我連一句話都無法反駁。對小夜子當然不用說，但光是想像這幾天久美是用什麼心情與我相處，腦袋幾乎要化爲一片空白。

「——太漫長了。雖然只有半年，但這是我這輩子最漫長、最難熬的一段時光。但今晚一切都要結束了。終於要結束了。對吧，大家！」

久美高聲說道，回望村人。瞬間，村人齊聲歡呼。他們發出的靈魂吶喊，就彷彿聲音本身具有質量，面對這些人，我曝露在宛如全身血液都要乾涸般的強烈恐懼。

異常的不只久美一個人而已。這整座村子老早就失常了。儀式失敗，親近的人們死去，他們不擇手段排除了罪魁禍首的外來者。此後他們仍每晚害怕著在村子裡遊蕩的死亡陰影，閉緊眼睛，摀住耳朵過日子。他們想出來的解決之道，就是再次舉行儀式。不是逃也不是躲，而是難說正常的方法：準備一個新的新郎，讓泣女大人再次舉行婚禮。

這些都不是個人扭曲的意見，而是稻守村全村的共識，這個事實讓人毛骨悚然到不行。支配了村人的不顧他人死活的凶暴心理狀態，或許才是泣女大人帶來的最可怕的災禍。

我遠遠地看著高舉拳頭，齊聲喝采的人們，想著這些。

「——咕咕……哈哈哈……哈哈哈哈哈！」

這時，一道模糊的笑聲蓋過了歡呼聲。村人都面面相覷，訝異著發生了什麼事。那那木的聲音彷彿嘲笑著這樣的他們，響遍寂靜的現場。

「你們眞是太愚昧了。愚昧膚淺到令人傻眼。所謂蠢到極點，指的就是你們這種人。你們眞的以爲這點程度的方法，就能解決這整件事？」

久美和辰吉對望，幾乎同時皺起了眉頭。

「你這是什麼意思？」

「儀式失敗了，所以用正確方式再舉行一次，這個想法本身沒有錯。因爲只要做了對的事，『守護神』就不會變成『作祟神』。可是，你們稱爲泣女大人的怪物，眞的想要這種儀式嗎？」

「所以我在問你是什麼意思？你到底想要說什麼？」

即使被久美怒氣沖沖地責問，那那木仍面不改色，雲淡風輕地繼續說下去：

「這個村子以二十三年一次的儀式鎭住泣女大人——在婚禮前夕不幸身亡的女子怨念。但這樣的行爲一再重複，就算是怨靈，應該也會發現自己一直被虛假的儀式所矇騙，並發現不管重複多少次這樣的行爲，都無法得到眞正的滿足。」

「荒、荒唐，才沒這回事，你少在那裡胡言亂語！」

辰吉大喊。他指著那那木，面紅耳赤地大叫，口沫橫飛地嚷嚷，但感覺只是做給村人看的誇張表演。

被戳中痛處，迫不得已的藉口。現在的辰吉身上，確實散發出過度拘泥習俗而無法直面現實的人特有的虛張聲勢。

「你們每二十三年舉行一次的儀式，反而造成了反效果吧？」

「住口！」

那那木愈說，辰吉的表情就愈扭曲。爲了不被發現而氣急敗壞地大小聲，反而更曝露出他的焦急。甚至不惜這麼做，他到底想要隱瞞什麼？那雙驚悸無比、甚至滲透出哀傷的眼睛，究竟在訴說什麼？

「不管重複再多次虛假的婚禮，痛苦都無法得到平癒，永遠等不到救贖。這讓女子的怨念一點一滴地滋長茁壯。在你們滿足於一頭熱地重複這些鬧劇的時候，泣女大人是否一直在偷偷窺探時機？」

「少胡說了！這怎麼可能？那種怪物怎麼可能有這種感情——」

說到一半，久美慌忙摀住嘴巴。那那木的嘴唇賊溜溜地咧開，久美把視線從他身上移開，恨恨地咬住下唇。

「是嗎？妳指著說是怪物的東西，過去可是個如假包換的人，並非從一開始就是怪物。所以才會被感情這種曖昧不明的事物所左右。想要被愛，又爲了不被愛而哀怨，只能將其變換成恨意，才能勉強維持自我，是這樣的靈魂殘渣。可以說，這就是泣女大人的眞實面貌。」

所有的人都啞然無語，聽著那那木的話。他毫不猶疑的口吻蘊釀出奇妙的可信度，彷佛泣女大人這個怪物就是他創造出來的一樣，牢牢地抓住了聽者的心神。

我自己也在這時候的那那木身上感受到一種絕非區區一介熱愛怪奇事物的作家的異樣魄力。他的一言一語都帶有魔力，直接侵入聽者的腦中，讓對方相信他說的就是眞實。不管怎麼看都是白的東西，一經他描述，卻覺得那就是黑的。那那木的話讓人身不由己地感受到這種近乎荒誕的說服力。

「你們已經騙了泣女大人多少次了？用多少次廉價的婚禮家家酒騙了她？每次儀式，泣女大人對這座村子的怨恨就愈增添一分，現在恨意已經濃烈到無法想像了。不論葦原小夜子表現如何，這種儀式，本身早就瀕臨極限了吧？你們的祖先用三寸不爛之舌騙了女子的怨靈，爲了自身利益，將她祭祀爲村神，極盡所能地利用。只爲了村子的安泰，就把根本不情願的人拱爲神明。這座村子世代承襲的這項『陋習』，總有一天一定要有人付出代價。只要這麼一想，任誰來看都知道，就算你們急就章地舉行儀式，也根本無力回天——」

一道清脆的聲音響起，唐突地打斷了那那木熱切的述說。

是久美強硬地截斷了那那木肯定怪物的存在，並分析其性質和經過所導出來的邏輯解答。她一個箭步衝上前去，摑了他一巴掌，阻止他再繼續暢所欲言。

「你高談闊論的唬人唬夠了沒？不要因爲怕死，就在那裡瞎說胡扯。不過不管你說什麼，我們還是會做我們要做的事。如果你不想像佐沼那樣被宰掉，就閉上你的狗嘴！」

俯視著那那木的冷酷眼神，明確地訴著說這不是威脅或恫嚇。

可能是判斷情非得已，那那木乖乖地閉上了嘴。

「雖然就算你閉嘴，也不是就能活著回去。」

看到那那木的反應，久美滿意地揚起唇角，轉向我交抱起手臂。

「我說倉坂，仔細想想，你也眞是無妄之災。居然要在這種狀況和前女友再會，不只是尷尬而已呢。」

久美哈哈大笑了一陣，突然掐住我的臉頰，硬把我的臉扳過去，目不轉睛地盯著我看。她纖細的指頭深深地陷入我的頰肉，用黏膩的視線近乎執拗地掂量著我。

「小夜子的品味也眞是糟，這種半點優點都找不到，只敢對女人擺架子的人渣到底哪裡好？還是癖好扭曲的人其實是小夜子？」

我完全無法頂嘴，久美哼笑了一聲，把臉靠得更近，注視著我。

「哎呀呀，怎麼啦？裝什麼乖呀？現在才在裝斯文，想討好我嗎？這麼說來，你從一開始就是這樣呢。明明本性早就曝光了，卻爲了讓我留下好印象，拚命表現。還是怎樣？

你該不會要說你已經洗心革面了吧？說你重生變成女士優先的紳士了？哈哈，要是這樣，那才是爛透了的玩笑。」

久美不屑地說完後，放開我的臉，挺直了上身，回頭看背後。

「總之，我實在是無法理解，怎麼會一直愛著背叛自己，腳踏兩條船的男人？」

她望著圍繞神社的森林，沒有對象地喃喃自語。那與其說是在對我說，更應該是對著不在這裡的小夜子說。

久美盯著遠方瞇起眼睛，從她的表情，看不出她的眞心。

「……我也不懂。」

不是因爲被對方貶得一文不值，也不是想要反駁什麼，但我在不自覺的情況下這麼說道。久美訝異地轉頭。我正面迎視再次俯視我的冰冷眼神，說：

「我一直努力想要忘掉小夜子，也假裝已經忘了她。好不容易以爲終於忘了她，妳卻跑來跟我說她的事。一開始我眞的覺得這根本是惡劣的玩笑。因爲那個時間點幾乎就是奇蹟，讓我忍不住這麼懷疑。可以再見到小夜子——這麼一想，我就坐立難安。因爲我一直想要爲當時的事向她道歉。以前的我是個渣男爛貨，傷了她好幾次，但我對她的感情是眞的。只有這件事，我敢抬頭挺胸保證。」

我沒有將目光從久美掂量的視線移開，顫聲說道。

不是出於恐懼，也不是爲了求饒，完全就只是想要證明我對小夜子的感情有多眞實，是一廂情願的主張。

「我的感情是眞的。我現在依然愛著小夜子。只有這件事，絕對沒有半分虛假。不管她現在是什麼狀況，我對她……」

就彷彿肉體趕不上心靈的速度，舌頭轉不過來，我語塞了。

或許事到如今說這些都太遲了，但我還是要說。或許我是想要藉由說出口，來確定自己的想法。

確定自己現在這一刻，仍強烈地渴求著小夜子。

「是喔？那就來證明看看吧。證明你說的你對小夜子的『感情』。」

「……咦？」

我正要反問這話是什麼意思，就彷彿算好時機一般，那道尖叫聲響了起來。而且距離比剛才靠近太多了。

好像已經來到附近了。我才剛這麼確定，階梯台上的村人都同時倒吸了一口氣。連站在祭壇前的辰吉都驚嚇地張大眼睛後退，撞到了背後的祭壇。一片寂靜無聲之中，唯一聽得到的，只有沉重地拖動身體的腳步聲。

那身髒兮兮的白無垢穿過樹木之間，爬行現身了。我甚至忘了眨眼，只能恐懼顫抖，全身僵硬。

「總算來了。等妳好久了，小夜子。」

久美對白無垢說，露出有些陶醉的表情，嘴角甚至流露出笑容。渾身血污和泥巴、全身散發出壓倒觀者的不祥氣息的異形新娘——泣女大人。與其同化的小夜子。

在近處看到的泣女大人姿勢極端前傾，每踏出一步，身體某處就發出潮濕的聲音，彎折的身體傾斜得更厲害。同時每前進一步，身體就往另一側傾倒，她反覆著這種不穩定且遲緩的動作，慢慢前進。

乘著濕暖的風，腥甜的腐臭飄了過來。想到她什麼時候又會發出那可怕的叫聲，光是這樣，全身就快嚇得縮成一團。隨著泣女大人靠近，彌漫四周的腐臭味變得更濃，胃液湧上喉邊。在篝火照耀下，她的形姿變得更爲明確，村人發出慘叫般的聲音，開始微微騷動起來。

被犧牲者的血染成黑褐色的和服、蓋頭布底下垂落的黑髮。纖細白皙的兩腳皮膚處處潰爛掀起。一腳穿著白布襪，但另一腳赤裸，這樣的不對稱顯得格外怵目驚心。無力地垂落的雙手長得不自然，臃腫肥大，並瘀血成赤黑色。尤其手腕以下，更是一般人類的兩倍大。

因爲低著頭，無法明確地看到臉，但應該沒有任何人想要直視那張臉吧。

「——好慘……」

看到泣女大人那模樣，階梯台上有人說。

瞬間，原本一動不動的泣女大人以僵硬的動作扭轉身體，轉向了階梯台，接著以看起來也像是小心翼翼的動作抬起垂下的頭。當泣女大人露出相貌的瞬間，傳出了幾道喘息般的尖叫。

原本眼珠所在的位置形成兩個大窟窿，失去雙眼的眼窩不僅呈現空洞，還被異常撐大。那張嚴重失衡的臉，光看就激起強烈的嫌惡感。今早看到的川沿的屍體雖然也是相同的模樣，但相對於川沿是不折不扣的人類屍體，泣女大人雖然受了一樣的傷，卻仍繼續活動著。身體處處腐爛，每一吋皮膚都變成了土黃色，顯然沒有絲毫生命氣息，卻像這樣以自己的意志四處活動。

我從來沒有看過任何事物，像這樣完全符合「恐怖」兩個字。

「原來如此，我總算明白了。」

不曉得是在對誰說話，那那木喃喃自語。

「本來以爲是『泣女大人』，但它的發音nakime，原來指的是『無眼』。這個怪物是『無眼大人』……（註）」

那那木幾乎是陷入恍惚，自顧自地深深吁了一口氣。

相對於感動的他，我整個思緒都被無法置信的情緒填滿了。

這才不是小夜子。這是在半年前甦醒，把稻守村推進恐怖深淵的泣女大人。

「小夜子。」

然而久美一出聲，怪物便以慢到極點的動作轉頭，彷彿被這麼稱呼是理所當然的事。怪物不是以視力，而是靠聽力找到聲音的來源，用異樣修長、腫脹的雙手撐住地面，以四肢跪地的姿勢朝久美探出上半身。接著以不自然的姿勢伸出頭來，失去眼球的眼窩淌著黑褐色的血液，嗅聞氣味，牙齒微微上下敲擊著。

就彷彿正要捕食獵物的猛獸。

「我幫妳帶來了。雖然和說好的狀況有點不一樣，不過小夜子，妳一直想見的人，倉坂尚人就在這裡喔。」

久美話聲剛落，泣女大人的動作頓時靜止，接著做出環顧周圍的動作。彷彿焦急又驚慌，慌亂得看不出先前遲鈍的模樣。

「喏，那邊。喂，倉坂，你回話啊，讓小夜子聽到。」

聽到久美的要求，我瞬間驚嚇僵住，但決定聽從她的話。

「……對，我在這裡。」

一聽到我的聲音，泣女大人倏地轉頭，變成趴地的姿勢，以驚人的迅速朝我逼近而來。那宛如在地面爬行的爬蟲類般動作，嚇得我幾乎尖叫，卻也無法逃走，只能靜觀其變。

泣女大人就像剛才對久美做的那樣，把臉靠近我的鼻頭，用失去眼珠的眼窩直勾勾地瞅著我。大張的嘴巴散發出令人作嘔的惡臭，令人皺眉，但我嚥下口水，屏住呼吸忍耐。只要不作聲，即使她逼近眼前，也不會被她抓到——我懷著這樣的一縷希望。

「咦，倉坂，你怎麼啦？怎麼在發抖？你剛才的話是騙人的嗎？你不是說你現在還深愛著小夜子嗎？」

註：ナキメサマ（NAKIME-SAMA）的ナキメ，漢字除了可寫做「泣女」以外，也可寫做「無き眼」，即無眼之意。

久美挑釁地說：

「如果你剛才不是在撒謊，那就好好證明啊！無條件接受小夜子啊！如果你愛她，不管她變成什麼模樣，你都能接受她吧？快證明你的愛是眞的啊！是你說你很後悔以前的事，想要向小夜子道歉的，現在就是你如願以償的時候啦！」

我聽著久美帶著諷刺與嘲笑的聲音遠遠地傳來，咬緊牙關，幾乎要把臼齒給咬碎。眼前的怪物就是小夜子，我怎麼樣都無法接受這個事實。在我眼前的，是會活生生挖出人類的眼珠，毫不留情地取人性命的怪物，和永駐在我的心田的那個美麗的小夜子完全沒有一絲相似之處。

「我……」

我沙啞的聲音引得泣女大人一顫，有了反應。巨大的雙手抬起，從左右捧住我的臉。有如脹爛的浮屍般的雙手冰冷濕滑，朝奇怪的方向彎折的手指，每一根都像生物一樣脈動著。我扭動身體想逃，怪物的手卻以難以置信的力道緊緊地箍住我不放。兩根拇指像觸手般在我的臉上忙碌地爬來爬去。

我強忍想要聲嘶力竭地尖叫的衝動，仰望泣女大人的臉。蓋頭布底下是蓬亂乾燥的黑髮。土黃色的脖子多處潰爛成黑褐色，皮膚處處露出腐肉。已經徹底腐朽、腐敗的惡臭毫不留情地鑽入我的鼻腔。

面對那難以正視的醜怪臉龐，我只是等著自己的雙眼被挖出來。開著大洞的眼窩淌下的赤黑色黏液逐漸沾濕了我的臉頰。

沒多久，在我的臉上爬行的泣女大人的拇指爬上了眼皮。視野完全被遮蔽，想到我即將永遠失去光明，這時我恢復了奇妙的冷靜。

不，或許應該說是認命比較正確。

「……對不起，小夜子。」

我幾乎是無意識地這麼說。

泣女大人的手指驀然靜止了。我就這樣被按著眼皮，抓住機會，傾吐內心的想法。

「都是我不好。我害妳經歷了太多悲傷。我實在太想引起妳的關注，不希望妳被別人搶走，所以我……」

我聽見不遠處傳來久美失笑的聲音。她是在嘲笑難看的我吧。

「你講的話毫無邏輯嘛。明明就那樣花言巧語，欺騙、傷害了小夜子不知道多少次，講那什麼好聽話？不過人嘛，嘴上愛怎麼說都行。」

久美朝我丟來充滿敵意的話。相對地，先前壓制著我的泣女大人的手指倏地鬆開來，柔情地撫摸我的臉頰。

「小夜子……」

那動作就像在謹慎地確定什麼，又像是憐恤著什麼。

就在這瞬間，原本盤踞在我內心的恐懼銷聲匿跡，煙消霧散了。同時眼前這個詭異的存在，唐突地取回了它的名字。然後我發現了。我一直思念、一直渴望的女子，確實就在眼前。

「小夜子……小夜子……」

睜開眼睛，泣女大人的臉近在眼前。我沒有從那雙化成通往地獄大洞的眼窩別開視線，擠出淚濕顫抖的聲音，一再呼喚她的名字。每呼喚一聲，她撫摸我的臉頰的手指似乎也滲透出憐愛。

「……我們結婚吧，小夜子！」

我無意識地說出原先決定與她重逢時，絕對要對她說的話。

「我不會再離開妳了。我保證。從今以後我都會支持妳，永遠永遠陪在妳身邊支持妳。」

我知道泣女大人——不，小夜子倒抽了一口氣。她好像不知道該怎麼解讀我的話，呆了半晌，但嘴唇一點一點地勾勒出笑意。

村人發出不同於先前的另一種嘩然。

不可能！不敢相信！除了這些聲音以外，也有人放心地說：太好了。

「好，那麼，這個得還給妳呢。」

久美的聲音聽起來似乎也變得溫和了些。一直觀望的她這時輕嘆了一口氣，露出安心的笑容，拿起放在祭壇上的匣子。她珍惜地抱著紅底黑紋的嶄新匣子，走近我們。

然後她打開蓋子，把匣子舉到小夜子面前。

「這樣就可以看見了。」

不知是否理解久美的話，小夜子頻頻歪頭，看著匣子裡面，似乎在琢磨內容物。

「喏，拿起來吧。」

在久美催促下，小夜子放開我，接過匣子，捏起裡面的東西。

是兩顆乾燥的眼珠。

「這是小夜子半年前自己挖出來的雙眼。從今天開始，這就是新的御神體了。只有在儀式期間會還給小夜子。」

久美恢復了原本的親暱語氣，和對我及那那木說話時截然不同。小夜子對她做出微微點頭的動作。從這種反應，可以看出小夜子雖然與泣女大人同化了，但仍保有相當多的自我。即使判若兩人，但眼前這名女子就是葦原小夜子沒錯，她的反應讓我的確信變得更加堅若磐石。

就在小夜子將拿到的兩顆眼珠塞進自己的眼窩時，我的確信化成了千眞萬確的事實。乾癟的眼珠一放進空洞的眼窩，瞬間周圍的組織便開始冒泡，出現劇烈的反應。血液開始循環，皮肉覆蓋上來，原本完全就是死者的小夜子的臉一眨眼就變回了生前的容姿。

這是令人難以置信的光景。然而奇妙的是，我並不感到驚訝。我處在渾然忘我的迷茫心境中，只是一心一意注視著她，不願錯過小夜子不斷蛻變的模樣。

散發腐臭的肉重生，斷裂的組織重新連繫。神經形成，被透通白皙的皮膚所覆蓋。眼皮冒了出來，眉毛和睫毛也長了出來，短短數秒之間，原本已化成異形的小夜子，又變回了生前的樣貌。

我的心臟格外劇烈地一跳。

除了「好美」兩個字以外，我什麼都想不到。

我痴迷地注視著小夜子閉著眼睛的側臉，吐出陶醉的嘆息。我甚至夢見過我們重逢的瞬間，而今過了六年的光陰，終於能夠像這樣與完全沒有改變，美麗動人、卻又有如易碎物般脆弱虛幻的小夜子重逢了。

眼頭猛地灼熱起來。心跳如擂鼓，彷彿隨時都要衝破感動得顫抖的胸膛。

「小夜子……終於……終於見到妳了……」

我不顧他人的目光，流著眼淚，夢囈般地喃喃著。可能是聽到了聲音，小夜子轉過來面對我。

尚未睜開的她的眼皮邊緣，一行清淚滑過白皙的臉頰。滑過乳白色肌膚的淚水，在夜黑中綻放出一道光輝，宛如某種結晶般閃閃發亮。

「尚……人……」

桃花蓓蕾般的嘴唇生硬地動著，纖弱的聲音觸動我的鼓膜。

然後，小夜子的眼皮緩緩地睜開了。

「尚……人……」

隨著更加清晰的口吻，玻璃珠般的雙眼筆直地盯住了我。淡褐色的虹彩映射出篝火的火光，發出金黃色的光輝，在中央放大的瞳孔倏地收縮起來。

然後，我們對望了。

克服悲傷的離別、無法相會的痛苦，歷經六年的歲月，我們終於在彼此眼中找到了絕對不會燃盡的感情烈火。

與相愛的當時毫無二致的我倆就在這裡。

「新娘和新郎都到了！」

應該一直在等待這一刻吧，默默觀望的辰吉朗聲宣布。

「現在即將進行『魄姻儀式』，來到稻守祭的最後階段了！」

同時，村人再次發出歡呼。上一刻都還表現出嫌惡的他們的聲音，現在聽起來就像在祝福我倆。

祝福克服一切障礙並重逢的我倆踏上人生新階段。

「小夜子……」

就像要回應我的呼喚，小夜子伸出手來。她的指頭即將再次觸碰我的臉頰的那瞬間——

「……嗚……嗚嗚……嗚嗚嗚嗚嗚！」

小夜子的動作陡然停住，喉間擠出呻吟。

清秀白皙的臉蛋抽搐，溫柔的微笑瞬間消失無蹤。

「小夜子？妳怎麼了，小夜子……？」

不曉得有沒有聽見我的聲音，小夜子痛苦地表情扭曲，不停地急促喘氣。她激烈地搖頭，痛苦扭動著，一步又一步開始後退。

「怎麼了，小夜子？出了什麼事？」

久美察覺異常，跑近小夜子，輕輕拉住白無垢的袖子，望向那張驚愕戰慄的臉。

「小夜子？小夜——」

久美拉大了嗓門的那瞬間——

小夜子的表情驟變，凶神惡煞地瞪向久美，臃腫的手瞬間一把掐住她的細頸。

「什……咦……？」

小夜子在手中使勁，久美愕然，眼睛大張。久美臉上帶著不明所以的表情，痛苦掙扎，身體浮在半空中，雙腳就像別的生物一樣劇烈地踢動著。

「小夜子……放開……爲什麼……？」

小夜子沒有回答她的問題，發出好幾聲低吼後，咧開嘴巴，甚至撐破嘴角，張大到難以置信的程度，並放聲咆嘯。那就宛如從冥府爬出來的亡者慟哭。久美全身一軟，完全放棄抵抗，應該是距離太近，被噴出來的瘴氣給震昏了。

隨著小夜子的叫聲，一陣暴風不知從何而來，猛烈搖晃森林，襲向村人。他們像骨牌般從階梯台上摔落下來，慘叫四起。

設置在境內數個地點的火炬同時爆開，火星亂飛。怔立不動的辰吉旁邊，祭壇發出刺耳的聲響，逐漸粉碎。

「住手，小夜子！住……不要啊啊啊！」

久美發出悲痛的尖叫，表情急劇從困惑轉爲恐懼。但她沒有任何反抗的動作，似乎是身體不聽使喚。連制止的時間都沒有，久美的脖子被扭折起來，她兩眼翻白，口角冒泡。連再次求饒的機會都沒有，久美纖細的脖子發出「咻」的一聲，緊接著一道詭異的聲響，身首異處了。腦袋滾落地面，被擰斷的脖子噴出驚人的大量鮮血。

村人陷入更深的恐慌，儀式場地化成了慘叫四起的地獄。

「小夜子！住手！」

隅田剛清推開爭先恐後想逃離境內的村人，逆著奔下石階的人潮，跑向祭壇這裡。

小夜子木然地將失去頭部的久美的亡骸抛向地面，剛清從背後抱住她，高聲大叫：

「妳認得我吧？是我，剛清啊！喏，小夜子，選擇我吧！跟我在一起吧！我一定會珍惜妳的。比起柄干那個蠢大少、比起那種弱雞外地人，我比任何人都更能讓妳幸——」

話還沒說完，響起一道劃破空氣的聲音，剛清的話戛然而止。小夜子一閃而過的手——腫脹般巨大的手腕打在剛清的側頭部，把他整個人打飛了。剛清上顎以上的部分整個被刨掉，斷面斷續噴出鮮血。殘餘的下顎上，粉紅色的舌頭微微跳動著。

隔了幾拍後，剛清的身體當場崩倒。

「不要啊！久美！不要啊！」

秀美喊著女兒的名字，跑向她的屍身，抱住變成一團肉塊的女兒頭部蜷縮著，悲痛地抽泣。小夜子俯視秀美，瞬間被噴濺的鮮血染得一片殷紅的臉再次露出憤怒的神情。她抓住秀美的腳，一把拽倒她，抓住她的後腦，朝石板地砸下去。

「咕咕咕……噎咕咕咕嗚嗚……」

小夜子強大的臂力執拗地蹂躪著秀美。秀美的臉已經不成原形，破裂的傷口多處露出白骨。

「久美——！」秀美仍不斷地喊著女兒的名字，把首級抱在懷裡，死不放手。每次頭被砸向地板，秀美的身體就猛烈地抽動，逐漸地再也沒有反應。最後一道格外巨大的聲響，頭顱徹底被粉碎了。鮮血和腦漿噴灑在石板地上，秀美的頭變成了一顆爛南瓜，小夜子放手後，手上沾滿了大量頭髮。

「啊，怎麼會這樣……久美……秀美！」

目睹這情狀，達久似乎終於回過神來，發出悲痛的喊叫。但這是沒有任何憤怒或憎恨成分、純粹軟弱而空虛的吶喊。

達久牙齒上下打顫，全身抖得就像瘧疾發作，小夜子逼近他，以血淋淋的雙手夾住他的頭。

「住……住手……啊啊……嗚啊啊啊……」

別說反抗，達久連乞求饒命都沒辦法，只是發出意義不明的聲音。小夜子沒有絲毫猶豫，手中一個使勁，把他的頭壓爆了。就像水球爆裂一般，遭粉碎的達久的頭血肉橫飛。

小夜子全身澆淋著已經無法分辨是來自什麼人的大量鮮血，新娘衣裳染成怵目驚心的色彩。達久的屍體就像垃圾一樣被隨手一拋，重重地撞上祭壇，這時篝火倒下，火星灑到了周圍的木材上。

火星變成火焰，一眨眼就變成了熊熊烈火。以轟隆隆燃燒的大火爲背景，渾身鮮血的小夜子接下來望向的人，是呆在原地，甚至忘了逃命的辰吉。

「小夜子，爲什麼？今天明明一切都很順利。妳到底不中意哪一點？」

辰吉啞著嗓子問。小夜子沒有回答。睜得老大、眨也不眨的雙眼只是放射出扭曲的光芒。

「還來得及。儀式重來。妳想要那個男的，不是嗎？只要把泣女大人封起來，我可以把妳和那個男的葬在同一座墓裡。如此一來，即使不是在陽間，妳還是能跟心上人永遠廝守。可以永遠跟他在一起，這樣妳到底還有什麼不滿？」

被步步近逼的小夜子那邪惡且壓倒性的壓迫感所鎮懾，辰吉當場坐倒，仍不死心地想往後退。但他的手腳只是微弱地划過空中，完全無法拉開與步步近逼的小夜子之間的距離。

以肥大的雙手撐著地面，四肢爬行的小夜子，終於壓上了辰吉。

「住……住手……」

辰吉死盯著小夜子逼近眼前的臉，急促地喘氣。

小夜子的指尖緩緩地捺上辰吉的雙眼。

「住手……小夜子……小夜……嗚噢嘎啊啊啊啊！」

小夜子的指尖慢條斯理、但確實地鑽入辰吉的眼窩。一點一滴，愈插愈深，指縫間不斷噴出鮮血，傳出骨頭被挖開的聲音。辰吉發出慘死般的尖叫，全身猛烈扭動，但小夜子執拗地將染得血紅的手指更往眼窩裡鑽。

沒多久，兩顆眼珠發出神經被扯斷的聲音拔了出來。小夜子把它們塞進辰吉的口中。

「嗚咕……咕咕咕……」

任憑擺布地將自己的眼珠含在口中的辰吉，臉上冒出的兩個大洞噴出鮮血，全身不斷激烈抽搐。

看見變得面目全非的祖父，小夜子似乎仍不滿足。她的雙手伸向已奄奄一息的辰吉的肚子，一個使勁，扯開了皮膚。她不理會泉湧而出的鮮血，分開劈啪扯開來的血肉，挖出內臟，毫不猶豫地送入口中。

她在嘖嘖有聲地大啖祖父的內臟。

「住手……救命……」

辰吉發出氣若游絲的呻吟，搖晃著身體持續抵抗。他花了好一段時間，才終於完全斷氣。

燒盡祭壇的火焰在風勢助長下，一路燒到拜殿，火勢更加猖狂了。沒多久，大火圍繞了整座神社，把天空染成一片緋紅。面對充滿幻想的情景，我忘了逃走，注視著小夜子。不快點逃命，會被大火燒死。但即使想逃，身體被綁住，也無從逃命。而且就算不被火燒死，可能也會被吃完辰吉的小夜子吃掉。

橫豎都是死路一條的話，或許不該無謂地抵抗，好好地把小夜子的模樣烙印在心底。

正當我以麻痺的腦袋想著這些——

「——能動嗎？」

背後有人悄聲說，我猛地回過神來。那那木就蹲在我的背後。他的手上握著折疊小刀，好像要幫我解開束縛。

「那那木先生……」

「有話晚點再說，現在逃命要緊。」

「逃命……？」

我幾乎是反射性地搖頭：

「可是小夜子……」

「還在說那種話？那已經不是你認識的葦原小夜子了。那是叫泣女大人的怪物——不，是甚至把怪物融入自己當中的凶惡怪物。你懂嗎？她成了新的泣女大人。」

那那木斬釘截鐵地說，盯著小夜子看，但他的聲音聽起來總有些歡喜雀躍，讓我感受複雜。

「這座村子遲早會被那個怪物毀掉。我們只能逃離這裡。我們愛莫能助。還是你要跟這座村子共存亡？」

繩索被切斷，恢復自由的我在那那木攙扶下站了起來。

我撫摩著被繩索綁痛的手腕，望向拜殿，只見小夜子佇立在熾烈燃燒、欲將葦原神社吞噬殆盡的火焰中，望著這裡。

「我……我才不想跟這種村子一起死。」

「好，那我們馬上——」

「不，我要跟小夜子在一起。」

「什麼？你到底在說什麼……喂！」

我不理會那那木制止我的聲音，鞭策著顫抖的腳往前走。

——走向背對轟隆隆燃燒的拜殿而立的小夜子身邊。

「……小夜子。」

我呼喚，小夜子的身體微動了一下。她一個轉身，甩開被親人的鮮血浸濕的和服衣襬，獰猛的雙眼貫穿了我，彷彿隨時都要撲上來攻擊。

「……妳還在生氣吧？妳還沒有原諒我吧？」

沒有回應。直瞪著我的小夜子，全身強烈地散發出一觸即發的緊迫感。我沒有別開目光，與她面對面，只是注視著充滿了憤怒與憎恨的那雙眼睛。

「妳想殺了我嗎？都隨妳處置。只要能讓妳滿意，我心甘情願。可是，只有這件事妳一定要記住。」

我說著，往前踏出一步，縮短和喉間發出野獸般低吼的小夜子之間的距離。

「我喜歡妳。過去是這樣，從今而後也不會變。唯獨我對妳的感情，不管發生任何事都不會改變。」

我沒有錯過，雖然只有短短一瞬間，但充斥著負面情感的小夜子的臉浮現出困惑的表情。我再往前踏出一步，小夜子有些驚慌，也跟著後退了一步，面露警戒。

「不管妳變成什麼模樣，即使妳忘了我，我也不會離開妳。我再也不想失去妳了。」

我說著往前進。小夜子一樣後退。就在這一進一退之中，我繼續傾訴：

「妳不用再害怕了，也不用逃躲了。我絕對不會傷害妳。我怎麼可能會傷害妳呢？對我而言，妳比我自己的性命還要重要。妳明白吧？我們的關係，從分隔兩地的那時候開始，就完全沒有改變。我對妳一見鐘情，妳也發現了我對妳的愛意。我們再也不能分開了。我們是相愛的。所以從今以後，我們應該永遠在一起。」

小夜子的表情和屠殺葦原一家那時候的憤怒模樣截然不同，就彷彿害怕著不安與孤獨、在黑暗中微弱顫抖的幼童，既無助又虛幻。

很快地，不斷後退的小夜子停住了。她的背後是噴出烈火的拜殿牆壁。搖曳升起的火焰觸手燒焦了和服邊緣，熱氣毫不留情地灼烤著我們。

「喏，過來我這裡吧，小夜子。那裡很危險。我會好好保護妳的。」

我張開雙手，往前踏出一步。

小夜子不發一語，但她清澈的眼睛盈滿了淚水，微微地搖著頭。和屠殺葦原一家那時候不同，我確實在那雙眼中看見了意識的光采，放下心來。

沒有錯，在這裡的是小夜子。即使外形像個怪物，內在也絲毫沒有變。是那個明亮、溫柔、開朗，雖然愛哭，卻也愛逞強，是全世界我唯一所愛的葦原小夜子沒錯。

我再次如此確信，湧自內心近乎瘋狂的愛情讓我難耐地扭動。

就快要可以用這雙手擁抱小夜子了。光是這麼想，強烈的陶醉感便馳騁全身，幾乎讓我放聲大喊。

想要緊緊地擁抱她。再也不願意放開她。這樣的感情化爲激情，充斥全身。

「我再也不會放開妳了，小夜子。」

小夜子沒有抵抗的樣子。她只是茫然地站在那裡，等待接受我的擁抱。

兩人的距離縮短，我伸出去的雙手就要擁住她的那瞬間，頭頂一道爆炸聲，天搖地動。

我反射性地抬頭，看見拜殿燃燒的柱子坍塌了。被燒毀的天花板一部分發出巨響，朝我們的頭頂——

「小夜子……！」

我伸手要把她摟過來，瞬間胸口遭到強烈的撞擊。背後和後腦惡狠狠地撞到東西，不知不覺間，我人摔倒在地。

——被推開了。

在全身刺痛中，我如此理解，抬頭一看，視野被衝天烈焰給填滿了。火星飛舞奔騰，崩塌的拜殿柱子和天花板朝小夜子身上掉落。

「小夜子……不！小夜子……小夜子！」

我站起來就要往前衝，那那木從背後架住了我。

「住手，太危險了！」

「放手！放開我！好不容易、好不容易見到小夜子了，我不要！小夜子！」

我悲痛吶喊的聲音，輕易被拜殿燒燬的聲音蓋過了。我掙扎著想要甩開那那木的手，伸出去的手卻空虛地劃過空中，只能茫茫然地注視著白無垢在染成一片朱紅的視野中逐漸被火焰吞噬。

「小夜子……嗚嗚……嗚啊啊啊啊啊！」

葦原神社的拜殿發出一道格外巨大的轟響，就宛如垂死的叫喊，接著徹底坍塌。

尾聲

後來兩個星期過去了。

慘遭祝融而倒塌的葦原神社，在太陽升起的時候，已經徹底燒燬，只餘殘火悶燒。

那那木報警，向趕到的警方說明狀況的時候，我只是失魂落魄地癱坐在地上，空洞地望著燒毀的拜殿遺跡。

面對淒慘的現場，警方無法正確掌握狀況，調查困難重重。我和那那木也耗費了不少時間在警方問案，但不管如何強調，警方都不肯相信有泣女大人這種怪物。不過若說當然，這也是當然的。

在倖存的村人作證下，也找到了埋在山中的大友和塚原的屍體，全村聯手殺人的事證被攤開在陽光底下。警方最後做出結論，認爲神社發生的慘劇，是村人爲了是否要隱瞞這樁命案而發生爭執，內鬨之下的結果，我和那那木得以擺脫了嫌疑。但即使如此，是誰殺了什麼人這一點，依舊難以合理說明，目前似乎仍未得到解決。

媒體爭相報導此案，說什麼「偏鄉寒村大屠殺案」、「可疑宗教組織集體自殺」，任意加油添醋、大書特書。

如果是認識生前的大友、塚原以及佐沼的人，或許知道關於這起事件的一些資訊，但對於兩人經歷了什麼、爲何喪命，應該難以理解正確的經過吧。

「這起事件絕對不可能被公開，眞相只會留存在我們心中吧。不過我打算根據這次的經歷來創作新作品。」

那那木悠志郎發揮他堅韌的作家精神如此宣言。都遇到這麼可怕的事了，卻還想把它寫成文字，那那木的敬業態度令人欽佩，但我也覺得就算他把作品送給我，我應該也不會讀。

結果我們被警方拘留了整整兩天以上，從山腳的警察署被釋放時，已是儀式之夜三天後的早晨。我和那那木從偵查人員依然忙進忙出的稻守村，開著各自的車子踏上歸途。爲了往後需要，我們交換了聯絡方式，但該不會彼此聯絡了。因爲只要聯絡，就會想起這座村子發生的慘劇。

「我可以問個問題嗎？」

臨別之際，那那木問我。

「那個時候，你眞的打算和泣女大人——不，和葦原小夜子一起死嗎？」

該如何回答，讓我猶豫了一下，但我坦白地說：

「我是認眞的。可是事到如今，已經無可奈何了。她已經不在了。她丟下我，和泣女大人這個怪物一起消滅了。往後我會珍惜她留給我的事物活下去。」

我回答的語氣，與其說是在對那那木說，更像是在告訴我自己。

「其實你……」

那那木一臉複雜，原本就要說什麼，但終究什麼也沒說，微微搖了搖頭。

這段對話之後，我和那那木道別，離開了稻守村。

回到這座城市之後，我努力遺忘這整件事。

我恢復理所當然的日常，過著一如往常的日子，但這兩個星期間，卻一直有種在水中漫步般的感覺。

現在也是，只要閉上眼睛，就會想起小夜子。通勤路上或工作空檔，以及不經意地獨處的瞬間，小夜子的記憶會趁虛而入，泉湧而出。雖然是以那樣的形式，但我和原以爲再也見不到的她重逢了。因爲這樣，壓抑了六年的感情死灰復燃。但小夜子已經不在了。再也看不到她溫暖祥和的笑容了。我必須接受這個事實，走完往後的人生。

在這麼告訴自己的每一天當中，我也一直飽受某個疑問困擾。是那那木也提出過的，關於「泣女大人的儀式」的疑問。

半年前，御神體遭到大友和塚原污損，加上巫女小夜子心理上的問題，導致儀式失敗。結果泣女大人沒有進入安眠，而是奪走了小夜子的肉體，現身陽世，這就是這次事件的前因後果。

但眞的是這樣嗎？

襲擊稻守村的慘劇，眞的是儀式失敗所導致的悲劇嗎？據說泣女大人是某個女子詛咒背叛自己的負心漢，化成怨靈而出現的怪物。她每隔二十三年進入不同女子的肉身，舉行虛假的婚禮，但這眞的撫平了她的怨氣嗎？

遭到所愛之人背叛的她，憤怒與憎恨眞的得到消弭了嗎？

『你們已經騙了泣女大人多少次？用多少次廉價的婚禮家家酒騙了她？』

那那木這麼指出，辰吉和久美強烈地否定、咒罵。仔細想想，他們的反應，是否正如實地反映了他們的眞心？

『這種儀式，本身早就瀕臨極限了吧？』

在那座村子上演了無數次的儀式，是否只有聊以慰藉的效果而已？泣女大人一方面屈從於這樣的慰藉，其實一直虎視眈眈地在伺機而動。我強烈地這麼認為。

被封在那座村子神社的孤獨可憐的靈魂，想要的根本不是什麼虛假婚禮，而是見識更廣大的世界，被眞實的愛情所擁抱。是邂逅永遠愛著她的無可取代的存在，不是嗎……？

這完全只是我的推測而已。我不知道怪物是否具備這樣的邏輯思考。但每次回想起那座村子發生的事，我就是忍不住這麼想。

儀式成功，代表泣女大人又要被封印在神社二十三年。「她」是不是想要設法斬斷這個枷鎖？所以她利用了大友和塚原，故意引誘他們傷害御神體。然後利用小夜子紛亂的心緒，讓她憎恨家人和村人，以放大的憤怒支配她。

結果泣女大人擺脫了封印，從反覆假婚禮的無盡輪迴中被解放出來了。掙脫束縛，離開村子，和心愛的人攜手前往新世界，如果這才是泣女大人的眞正目的的話……？

想到這裡，我覺得一切都得到說明了。

小夜子從崩塌的柱子救助我時，或許泣女大人在我和小夜子之間看到了眞實的愛情。

所以她才會……

『接下來是手稻山無名分屍案的後續報導。』

我從沉思中拉回思緒，把注意力轉向電視機畫面。

畫面中拍到在疑似現場的山中忙碌穿梭的偵查人員身影。

『警方調查相關人員之後，查出遭分屍的男子名叫倉坂尚人，二十四歲，爲札幌市的貿易公司員工，兩星期前便下落不明。此外，據說他的現任女友二十多歲女子也同樣下落不明，親友皆十分擔心她的安危，與警方合作，努力持續搜索她的下落。』

主播悲痛地說完，畫面角落出現一對男女的照片。

「……這張臉怎麼看怎麼不爽。」

我厭惡地啐道，瞪著男子的照片。

這男的從高中開始，不管做什麼都要礙我的事，是個爛透的人渣。他染指小夜子，盡情玩弄她並拋棄，搞上其他女人，渣到不行。

這就是這傢伙——倉坂尚人。

我無意識地俯視自己的雙手。掐住他的脖子，取他性命那瞬間的觸感還留在這雙手上。

葦原久美冒名有川彌生拜訪「倉坂尙人的住處」時，那小子已經死了。我回答久美的問題，結果她認定我就是倉坂尙人，這其實就像是一場意外。那個時候正牌的倉坂尙人已經在浴室裡被大卸八塊了。我冒充尙人，想要打發訪客，沒想到竟會演變成那樣。

但也因此我得以和小夜子重逢，所以是福是禍，人生實在難以預料。

對於久美和稻守村的人，我也無法責怪他們欺騙、陷害我。我沒有這個資格。因爲我和他們一樣，從「一開始」就欺騙了與我扯上關係的每一個人。

我欺騙了相信我就是倉坂尙人的每一個人。因爲如果不這麼做，我無法見到小夜子。

幸好沒有任何人識破我的眞實身分——不，如果有的話，那就是那那木吧。或許只有他發現了我並非倉坂尙人。我不知道他是在哪個時間點發現的。或許是小夜子拒絕和我舉行儀式的時候。在當時發現我並非倉坂尙人的那那木，臨別之際想要問我這件事。但他認爲事件已經結束，再繼續追究也沒有意義，所以打消了念頭吧。

證據就是，從某一刻開始，那那木就再也沒有叫過我「倉坂」了。

沒錯，我不是倉坂尙人。

我……我眞正的名字是……

門鈴刺耳地響起，就像要打斷我的思緒。

一陣既視感襲來，就好像那天夜晚再次上演，我忍不住感到一陣寒顫，渾身哆嗦了一下。打開公寓玄關門一看，以綿綿細雨爲背景，一名陌生女子站在廊上。女子年約二十出頭，身形苗條，面露明朗的笑容。

她微微向我頷首。

「敝姓三村，我剛搬到隔壁戶，過來打聲招呼。這是一點心意，請收下。」

我接過她遞過來的一小包東西。幾乎沒有重量，八成是毛巾之類。

「謝謝，妳太客氣了。我姓狹間，狹間征次。」

「狹間先生嗎？啊，太好了，你看起來人很好，我放心了。我只有一個女生住，所以滿擔心的……」

「如果有什麼問題或困難都請跟我說。我們是鄰居，我會守望相助的。」

「謝謝，再見。」女子行禮，轉身回去了。

我假裝關門，露出半張臉，注視返回自己住處的女子背影。應是居家服的熱褲底下露出白皙的腳，顯得異樣妖嬈。

回到客廳，一股撩撥鼻腔的甜膩腐臭掠過鼻頭。

「好漂亮的小姐呢。她的話，或許正合適。」

我說，覺得彌漫的腐臭似乎變強了一些。

放在桌上的紅底黑紋匣子發出細微的聲響。

「是啊，這次別辦什麼儀式，舉行眞的婚禮吧。畢竟妳好不容易出來外面的世界了。」

我拿起匣子打開來，以由衷疼惜的語氣說：

「我們會永遠在一起，小夜子。」

兩顆乾癟的眼珠直勾勾地仰望著我。

恠31／泣女大人

原著書名／ナキメサマ
作　　者／阿泉來堂
原出版者／KADOKAWA
翻　　譯／王華懋
編輯總監／劉麗真
責任編輯／張麗嫻
事業群總經理／謝至平
榮譽社長／詹宏志
發　行　人／何飛鵬
出　版　社／獨步文化
城邦文化事業股份有限公司
115台北市南港區昆陽街16號4樓
電話：(02) 2500-7696　傳真：(02) 2500-1951
發　　行／英屬蓋曼群島商家庭傳媒股份有限公司
城邦分公司
115台北市南港區昆陽街16號8樓
網址／www.cite.com.tw
讀者服務專線／(02) 2500-7718；2500-7719
服務時間／週一至週五：09：30～12：00　13：30～17：00
24小時傳真服務／(02) 2500-1900；2500-1991
讀者服務信箱E-mail／service@readingclub.com.tw
劃撥帳號／19863813
戶名／書虫股份有限公司
香港發行所／城邦（香港）出版集團有限公司
香港九龍土瓜灣土瓜灣道86號順聯工業大廈6樓A室
電話／(852) 2508-6231　傳眞／(852) 2578-9337
E-mail／hkcite@biznetvigator.com
馬新發行所／城邦（馬新）出版集團
Cite (M) Sdn Bhd
41, Jalan Radin Anum, Bandar Baru Seri Petaling,
57000 Kuala Lumpur, Malaysia.
Tel:(603) 90563833
Fax:(603) 90576622
email:services@cite.my
封面設計／高偉哲
印　　刷／中原造像股份有限公司
排　　版／陳瑜安
●2023年8月初版
●2024年6月5日初版3刷
售價380元

ISBN 978-626-7226-66-7
978-626-7226-65-0（EPUB）

國家圖書館出版品預行編目（CIP）資料

泣女大人／阿泉來堂著； 王華懋譯. –初版. – 臺北市：獨步文化，城邦文化事業股份有限公司出版：英屬蓋曼群島商家庭傳媒股份有限公司城邦分公司發行，民112.08
面； 公分. --（恠；31）
譯自：ナキメサマ
ISBN 978-626-7226-66-7（平裝）

861.57　　112009921